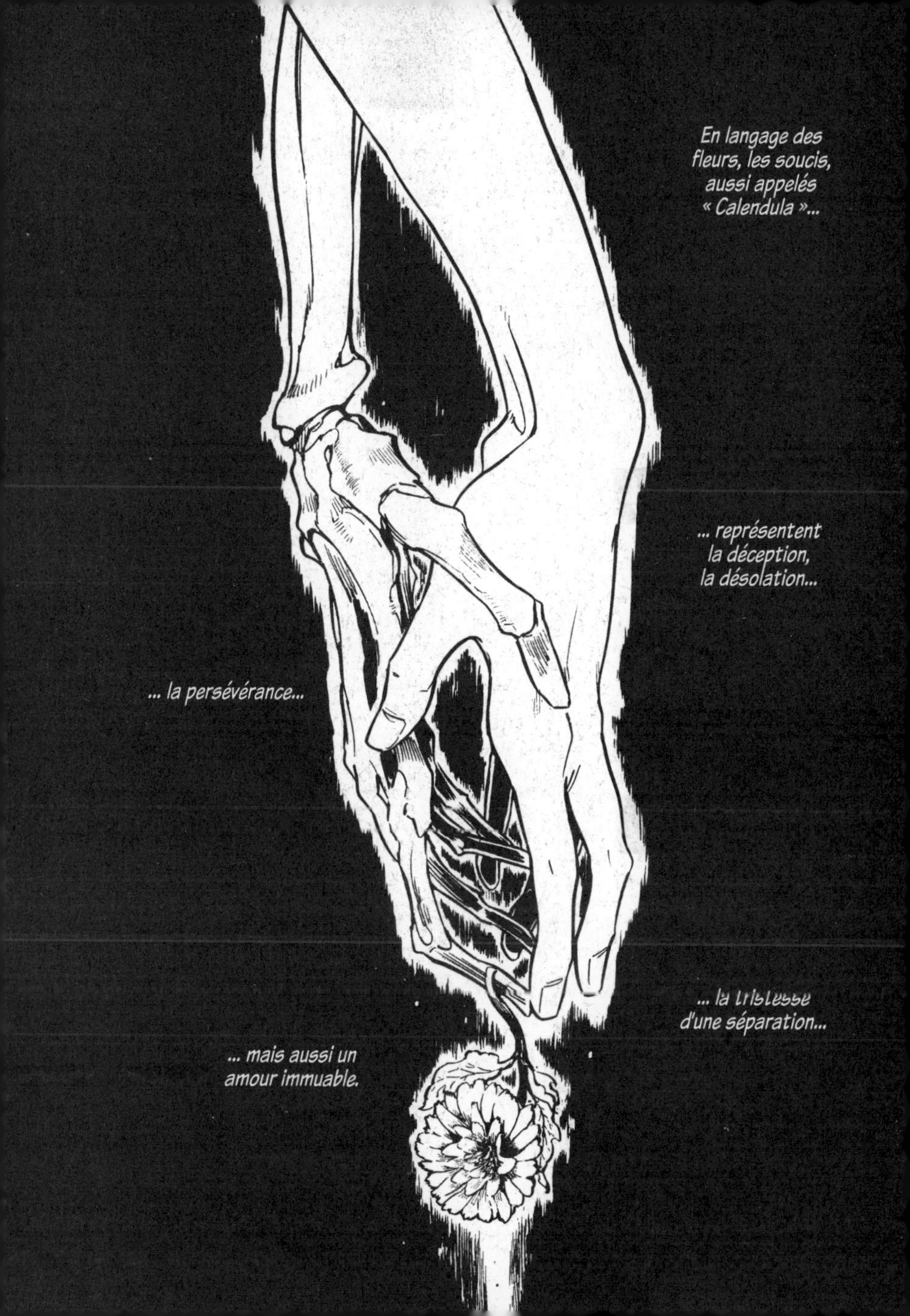
En langage des fleurs, les soucis, aussi appelés « Calendula »...
... représentent la déception, la désolation...
... la persévérance...
... la tristesse d'une séparation...
... mais aussi un amour immuable.

VOUS ÊTES LES NOUVEAUX GARDIENS FRAÎCHEMENT ARRIVÉS, C'EST ÇA ?
VOUS SEREZ DÉSORMAIS SOUS MES ORDRES POUR PROTÉGER LES LIMBES.
JE COMPTE SUR VOUS.
À VOS ORDRES !
ENTRAÎNEMENT DES NOUVELLES RECRUES
MAINTENANT, TU DOIS AVOIR HONTE DE LUI AVOIR TROUVÉ UN NOM AUSSI MINABLE, HEIN ?
HIHI !
JE NE T'AI PAS SONNÉ, TOI !
ÇA NE ME CHOQUE PAS, MOI, QUAND IL SE PRÉSENTE AVEC SON AIR SÉREUX.

VOTRE PREMIÈRE MISSION CONSISTE À ENTRETENIR LES QUARTIERS RÉSIDENTIELS ET LES ZONES AGRICOLES DES LIMBES.
PARALLÈLEMENT À CELA, VOUS DEVREZ AUSSI PROTÉGER LA POPULATION DES ENNEMIS ÉTRANGERS À CES LIEUX. C'EST VOTRE DEUXIÈME MISSION.
JE LE TROUVE TRÈS CHARISMATIQUE.
IL EST TROP CLASSE !
TSS !
ARRÊTEZ DE JACASSER !
AUJOURD'HUI, JE VAIS COMMENCER PAR VOUS EXPLIQUER COMMENT MAINTENIR L'ORDRE EN VILLE. ENSUITE, NOUS PASSERONS À L'ENTRAÎNEMENT.
SEISHIN...
STAP
STAP
J'ARRIVE, J'ARRIVE...
POP
POP
POP
UNE ÉPONGE ?
UNE ÉPONGE GÉANTE ?!

JE M'APPELLE SEISHIN ONODERA.
LA PLUPART DES GENS ICI M'APPELLENT « DOCTEUR », APPELEZ-MOI COMME VOUS VOULEZ.
JE VAIS VOUS EXPLIQUER COMMENT DÉTRUIRE CES FAMEUX ENNEMIS.
FRSH
FRSH
Il devrait plutôt nous expliquer pourquoi cette grosse éponge lui colle au train !!!
POF
OH !
TU AS DÉJÀ TOUT PRÉPARÉ...
GUURGH
FWAAAH
...
....

ON LES APPELLE « LES DÉVOREURS ».
ZWOOOM
VOILÀ À QUOI ILS RESSEMBLENT.
OUAH !
CES CRÉATURES AUX ALLURES DE MONSTRES DES PROFONDEURS MARINES SONT LÀ POUR ESSAYER DE VOUS AVALER.
ENFIN, VOUS ÊTES DÉJÀ TOUS MORTS. POUR ÊTRE PLUS EXACT, VOUS DISPARAÎTREZ.
VOUS N'AUREZ DONC PLUS LA MOINDRE CHANCE DE VOUS RÉINCARNER.
AUTREMENT DIT, C'EST LA FIN.
WOW
QUE SE PASSE-T-IL SI ON SE FAIT MANGER ?
VOUS MOURREZ.

DODOOOOM
....!!
J'AI OUBLIÉ DE PRÉCISER QU'ILS ATTAQUAIENT EN TROUPEAU.
* IMAGINATION
GLOUPS
OH, DÉSOLÉ.
ENFIN BON, SI ON S'Y MET TOUS ENSEMBLE, ON DEVRAIT POUVOIR EN VENIR À BOUT...
QUAND ILS ATTAQUENT, ILS SONT GÉNÉRALEMENT ENTRE 5 ET 10.
COMME LEUR BUT EST DE NOUS MANGER, ILS APPARAISSENT AU-DESSUS DES QUARTIERS RÉSIDENTIELS.
ILS SE RUENT SUR LE PREMIER ÊTRE « VIVANT » QUI CROISE LEUR ROUTE.

DONC, IL VAUT MIEUX SE BATTRE À DISTANCE, C'EST ÇA ?
NON, IL VAUT MIEUX PRIVILÉGIER LE COMBAT RAPPROCHÉ.
En général.
URGH
!?
SI VOUS VOUS ÉLOIGNEZ TROP, ILS S'EN PRENDRONT À LA POPULATION.
AH !
COMMENT LES TUER, ALORS... ?
LES GARDIENS NE PEUVENT PAS LES TUER.
ON NE PEUT PAS LES TUER ?!
!?
!?
RAAAH
ON PEUT SEULEMENT LEUR INFLIGER DES DOMMAGES POUR LES AFFAIBLIR.
ICI, DANS LES LIMBES, SEULS LES SHINIGAMI ONT DROIT DE VIE OU DE MORT SUR TOUTE CHOSE.
PERSONNE D'AUTRE NE PEUT RIEN TUER, EXCEPTÉ SI C'EST POUR S'EN NOURRIR.
MÊME SI VOTRE ADVERSAIRE EST UN TERRIBLE MONSTRE.
QUE PENSEZ-VOUS QU'IL ARRIVE LORSQU'UNE DE CES CRÉATURES MEURT ?
ELLE S'ÉCRASE AU SOL ?
EXACT.

VOILÀ POURQUOI ON DOIT LES ABATTRE TOUT EN LES GARDANT DANS LE CIEL.
Ça me paraît évident !
MAIS COMMENT ?!
IMAGINEZ UNE BALEINE S'ÉCRASER SUR UNE VILLE.
LES DÉGÂTS SERAIENT TERRIBLES...
PENDANT QUE LES GARDIENS JOUENT LES APPÂTS ET LES ATTIRENT À L'ÉCART...
... MOI, JE M'OCCUPE DU CORPS PRINCIPAL.
DANS CHAQUE TROUPEAU, IL Y A UN DÉVOREUR PLUS GROS QUE LES AUTRES.
C'EST LUI, LE CORPS PRINCIPAL.
PLAN
Corps principal
LES SHINIGAMI SONT LES SEULS À POUVOIR LES TUER, C'EST VRAI. MAIS SI LE CORPS PRINCIPAL EST DÉTRUIT, LES AUTRES PARTENT EUX AUSSI EN FUMÉE.
EN GÉNÉRAL, ON PEUT L'ABATTRE DANS LES 5 MINUTES.
5 MINUTES ?!
HEIN ?!

WASP...
ON S'EN SORT DE JUSTESSE À CHAQUE FOIS !
MAIS VOUS CROYEZ RÉELLEMENT QUE VOUS TIENDRIEZ PLUS DE 5 MINUTES ENCERCLÉS PAR UN TROUPEAU DE DÉVOREURS ?
JE VOUS VOIS VENIR, VOUS PENSEZ QU'ILS NE DOIVENT PAS ÊTRE SI FORTS.
HEIN ?
IL A RAISON. VOUS RISQUEZ VOTRE VIE CHAQUE FOIS QUE VOUS AFFRONTEZ UN DÉVOREUR.
JE SUIS AUSSI TERRIFIÉ QUE VOUS.
ALORS PRÊTEZ-MOI UN PEU DE VOTRE COURAGE ET DE VOTRE FORCE.
FAISONS DE NOTRE MIEUX, TOUS ENSEMBLE
OUI !
HAHAHAHAHA ! LA CLASSE INCARNÉE !
EFFACE-MOI CE SOURIRE BÉAT IMMÉDIATE-MENT !

APRÈS LEUR AVOIR FAIT PEUR, IL RÉCLAME LEUR COURAGE ET LEUR FORCE...
C'EST BIEN UN ANCIEN MILITAIRE, ÇA !
IL EST DOUÉ POUR MANIPULER LES ESPRITS.
NE TOURNE PAS ÇA COMME ÇA.
POURQUOI IL FAUT TOUJOURS QUE TU TROUVES À REDIRE SUR TOUT ?
TU COMPRENDRAIS SI TU ÉTAIS PÈRE, QUE TON IDIOT DE FILS S'AMOURACHAIT D'UN HOMME PLUS ÂGÉ ET PASSAIT SON TEMPS À L'ENCENSER SOUS TON NEZ.
PTEUH
JE NE DEVRAIS PAS M'EMBALLER PENDANT LE SERVICE, C'EST VRAI.
DÉSOLÉ !!
MAIS TOI, PAPA, ARRÊTE UN PEU DE TRAÎNASSER ET PRÉPARE-TOI POUR L'ENTRAÎNEMENT !
HEIN ?!
JE SUIS DISPENSÉ, MOI !
NE RACONTE PAS N'IMPORTE QUOI.
TU DOIS NOUS CRÉER DES DÉVOREURS À L'AIDE DE SHIKIGAMI.
げんなり…
PFFF

C'EST TOUJOURS BEAUCOUP PLUS INSTRUCTIF ET EFFICACE DE S'ENTRAÎNER EN CONDITIONS RÉELLES.
LA BARBE...
GRMBL
GRMBL
PFF
AUCUN RÉPIT POUR LES PERSONNES ÂGÉES...
C'EST ÉPUISANT DE CRÉER DES SHIKIGAMI.
PAPA...
TU NE TE SENS PAS TRÈS BIEN ?
PAS VRAIMENT, NON.
J'AI TOUJOURS ÉTÉ PLUS INTELLECTUEL QUE PHYSIQUE, TU LE SAIS.
JE NE SUIS PAS TAILLÉ POUR TRAVAILLER ICI, AU SERVICE DE DIEU.

ET EN PLUS, IL A FALLU QUE MON FILS S'ENTICHE DE CE VIEUX CRÉTIN SORTI DE NULLE PART...
CALEN N'EST PAS UN VIEUX CRÉTIN SORTI DE NULLE PART !!
PFFF
AH NON ? POURTANT, IL N'A PAS L'AIR DE SAVOIR MIEUX QUE NOUS D'OÙ IL VIENT PUISQU'IL N'A PLUS LE MOINDRE SOUVENIR DE SA VIE ANTÉRIEURE !
GNNH
DIS-MOI...
ES-TU VRAIMENT HEUREUX ?
OUI !
JE NE L'AI JAMAIS AUTANT ÉTÉ !

HA HA HA HA HA HA HA
TU AURAIS PU AU MOINS FAIRE SEMBLANT DE RÉFLÉCHIR UN PEU !
?
DÉCIDÉMENT, TU N'AS PAS LA MOINDRE IDÉE DE CE QUE C'EST QUE D'ÊTRE PÈRE !
DÉ... DÉSOLÉ...
JE BLAGUAIS !
IDIOT !
TANT QUE TU ES HEUREUX, ÇA ME SUFFIT.
SHTAP
!
PAPA...
PAR CONTRE...

TÂCHE DE TOUJOURS GARDER LA TÊTE FROIDE.
CE N'EST PAS PARCE QUE TU SORS AVEC L'HOMME LE PLUS IMPORTANT DES LIMBES QUE TU AS LE DROIT DE TE LAISSER ALLER.
.....
OUI !
SUR CE, IL EST TEMPS POUR MOI DE PRENDRE LA POUDRE D'ESCAMPETTE !
HÉ
HOP...
PAPA !
On va se donner à fond, pour l'entraînement !
Je suis trop vieux pour ces bêtises, je m'en vais !
Sérieusement ?! Haha !
.....

IL M'A GRONDÉ PARCE QUE JE SOURIAIS BÊTEMENT.
Je ne m'en rendais même pas compte.
HÉHÉ !
C'EST DE ÇA QUE VOUS PARLIEZ ?
OUI.
IL ME SEMBLAIT BIEN QUE TU AVAIS L'AIR PLUS MOTIVÉ QUE D'HABITUDE, AUJOURD'HUI.
MOTIVÉ ?
OUI, À L'ENTRAÎNEMENT.
Vous êtes tous bien échauffés ?
Hein ?
TU AS FAIT SOUFFRIR LES NOUVEAUX, MALGRÉ TA PETITE BOUILLE D'ANGE. C'EST TOI QUI LEUR AS LE PLUS FAIT PEUR !
AH OUI ?!

APRÈS LE PETIT SERMON DE MON PÈRE, J'EN AI COMPLÈTEMENT OUBLIÉ DE FAIRE ATTENTION À CE QUI M'ENTOURAIT.
DOOOM
J'AI ENCORE TELLEMENT À AP-PRENDRE...
ALLEZ, NE FAIS PAS CETTE TÊTE.
TOUS LES NOUVEAUX T'AD-MIRENT, TU SAIS. GRÂCE À TOI, ILS SONT PERSUADÉS QU'AVEC L'HABITUDE, EUX AUSSI POUR-RONT GARDER UN TEL SOURIRE APRÈS DE SI DURS ENTRAÎNEMENTS.
ET MOI, J'AI DE NOUVEAU CRAQUÉ POUR TOI.
CRSH
CALEN...!
OUI ?

.....
QU'EST-CE QUE TU FABRIQUES ?
MOI AUSSI, JE T'AIME À EN MOURIR !!
JE SAIS, JE SAIS.
TU T'ES BIEN DÉBROUILLÉ, AUJOURD'HUI ENCORE.
JE SUIS FIER DE TOI.
SMACK

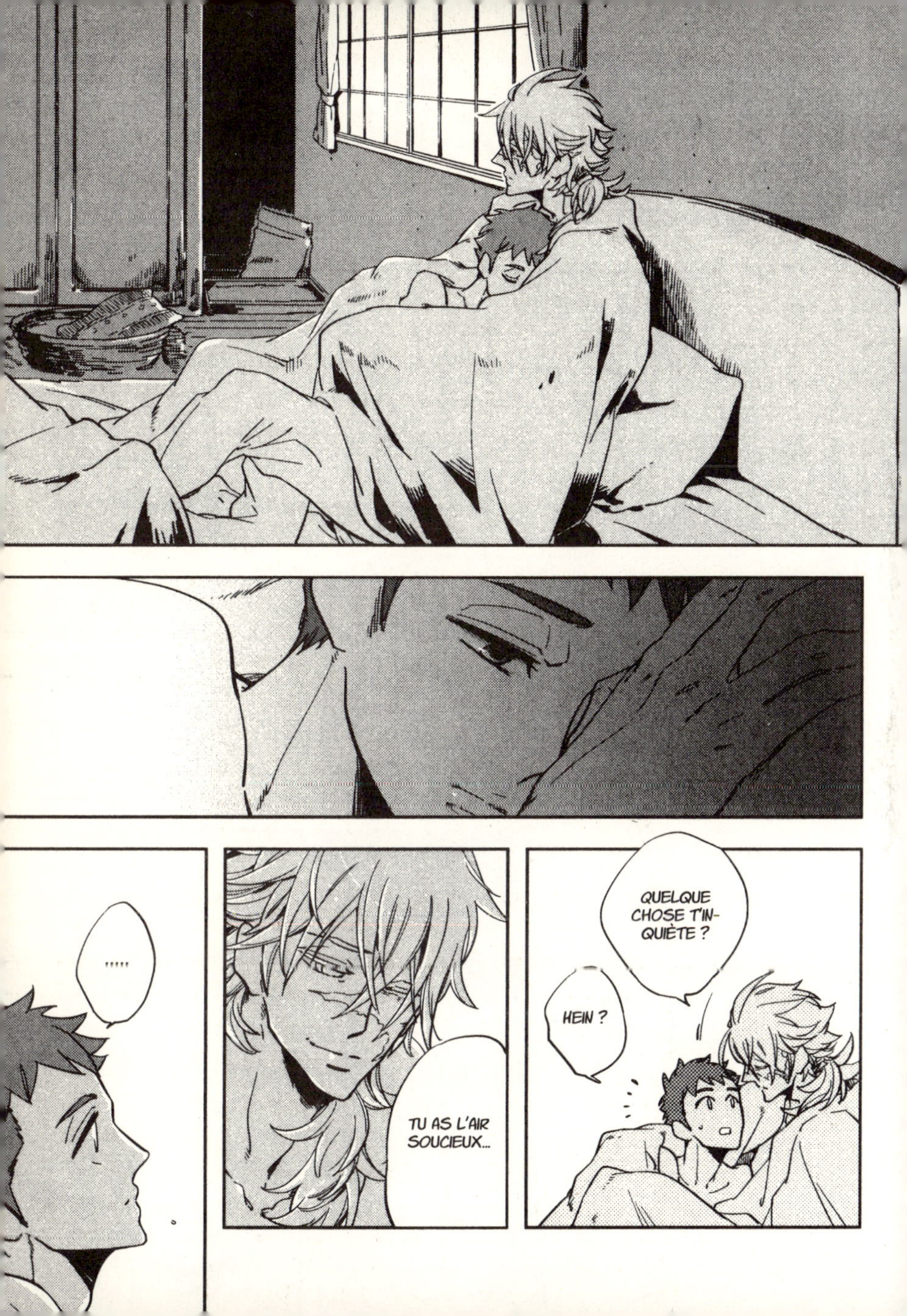

QUELQUE CHOSE T'IN- QUIÈTE ?
HEIN ?
TU AS L'AIR SOUCIEUX...
.....

MON PÈRE M'A POSÉ UNE QUESTION, TOUT À L'HEURE.
IL M'A DEMANDÉ SI J'ÉTAIS VRAIMENT HEUREUX.
J'AI RÉPONDU OUI, ÉVIDEMMENT.
ET IL M'A DIT QUE C'ÉTAIT TOUT CE QUI COMPTAIT, POUR LUI.
.....?
TANT MIEUX, ALORS.
OUI.
MAIS...
JE TROUVE QUAND MÊME ÇA UN PEU BIZARRE.

CE N'EST PAS SON GENRE DE DIRE DES CHOSES PAREILLES.
ALLONS ! QUEL PARENT NE SOUHAITE PAS LE BONHEUR DE SON FILS ?
.....
Pour être franc...
... il n'avait pas l'air très en forme, physiquement.
SEISHIN ?
EXCUSE-MOI.
D'HABITUDE, IL DÉBORDE D'ÉNERGIE, JE SUIS UN PEU INQUIET.
MAIS ÇA NE DOIT PAS ÊTRE BIEN GRAVE...

SMACK
CALEN ?
J'APPRÉCIE QUE TU SOIS AUSSI DÉVOUÉ ENVERS TON PÈRE, MAIS ÇA ME REND UN PEU JALOUX.
HEIN ?!
JE PLAISANTE !
TU VEUX QU'ON AILLE LE VOIR DEMAIN ?
TU VEUX BIEN ?
ÉVIDEMMENT !
ON POURRAIT PASSER PAR LE MARCHÉ ET LUI ACHETER CE QU'IL AIME.
D'ACCORD !
VROUSH
OUAAAH
JE RÉFLÉCHIS PEUT-ÊTRE TROP...
... mais je suis inquiet, moi aussi.

QUELLE BELLE NUIT.
UN PEU TROP HUMIDE POUR TOI, SANS DOUTE.
EXTÉNUÉ
MAIS POUR MON CORPS FLÉTRI DE VIEILLARD, C'EST PARFAIT.

Oooh !
Eh bien alors ?
JE CROIS QU'ON EST AUSSI ÉPUISÉS L'UN QUE L'AUTRE.
La fin de mon mandat ? À moi ?
Attends un peu...
Je ne peux pas accepter ça aussi facilement.
Merci pour toutes ces longues années de dur labeur !
Félicitations pour ta réincarnation !
Tu m'écoutes, oui ?!
PAAAH
Et Makoto ...?
Que va-t-il arriver à mon fils ?

Le fait que je quitte les Limbes n'aura aucune influence sur lui, n'est-ce pas ?
À vrai dire, je l'ignore.
Ne fais pas l'idiot !
Je ne fais pas l'idiot.
Il est le tout premier être composé de boue dans lequel a été ramenée et scellée l'âme d'un défunt.
Mais il se passera probablement...
... ce que tu as en tête, mon p'tit Seishin.
.....
Ton âme et celle de ton fils sont étroitement liées.
Et je ne parle pas d'affection, ni des liens du sang.
Tout ce temps supplémentaire que tu lui as accordé est contraire à la volonté Divine.

À ta mort, ton fils est mort lui aussi et t'a suivi jusque dans les Limbes.
Ça veut dire que son âme est attachée à celle de « Seishin Onodera » et au moindre de ses mouvements.
Que pourrait-il donc bien se passer lors de ta réincarnation, Seishin Onodera ?
Ton âme sera réinitialisée. On lui attribuera un nouveau corps, un nouveau nom, une nouvelle vie.
L'homme qui existait en tant que « Seishin Onodera » disparaîtra définitivement de notre monde.
Que devient une âme lorsqu'elle a perdu sa moitié, celle à qui elle était attachée ? D'autant plus si son corps est artificiel...
Alors, qu'en penses-tu ?
Je veux rester ici.

Je refuse de me réincarner !
Tu rejettes ta nomination ?
Tu es un bon élément, et tu fais un boulot incroyable ici, dans les Limbes.
Ni moi ni mon Supérieur ne devrions nous opposer à ta décision.
Mais si tu dépasses de trop longtemps le délai qui t'était imparti ici, tu risques de disparaître.
Et puis, n'as-tu pas dit toi-même que vivre dans les Limbes était l'enfer, pour ton fils ?
Malgré tout, il est bien en vie.
Tu avais raison.
Il rit, il pleure, il aime...
Il vit pleinement sa vie.

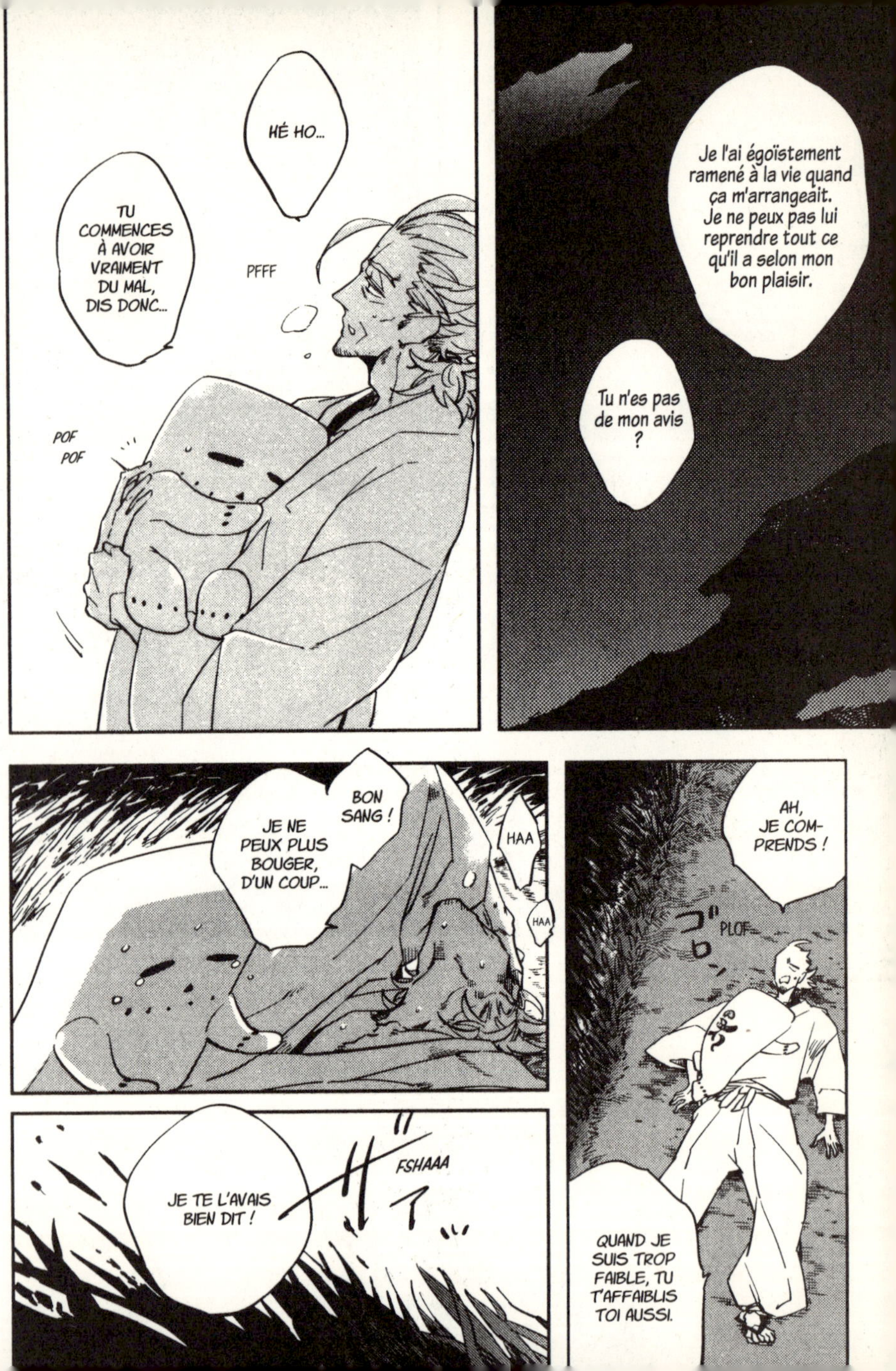
Je l'ai égoïstement ramené à la vie quand ça m'arrangeait. Je ne peux pas lui reprendre tout ce qu'il a selon mon bon plaisir.
Tu n'es pas de mon avis ?
HÉ HO...
PFFF
TU COMMENCES À AVOIR VRAIMENT DU MAL, DIS DONC...
POF POF
AH, JE COM-PRENDS !
PLOF
QUAND JE SUIS TROP FAIBLE, TU T'AFFAIBLIS TOI AUSSI.
BON SANG !
HAA
HAA
JE NE PEUX PLUS BOUGER, D'UN COUP...
FSHAAA
JE TE L'AVAIS BIEN DIT !

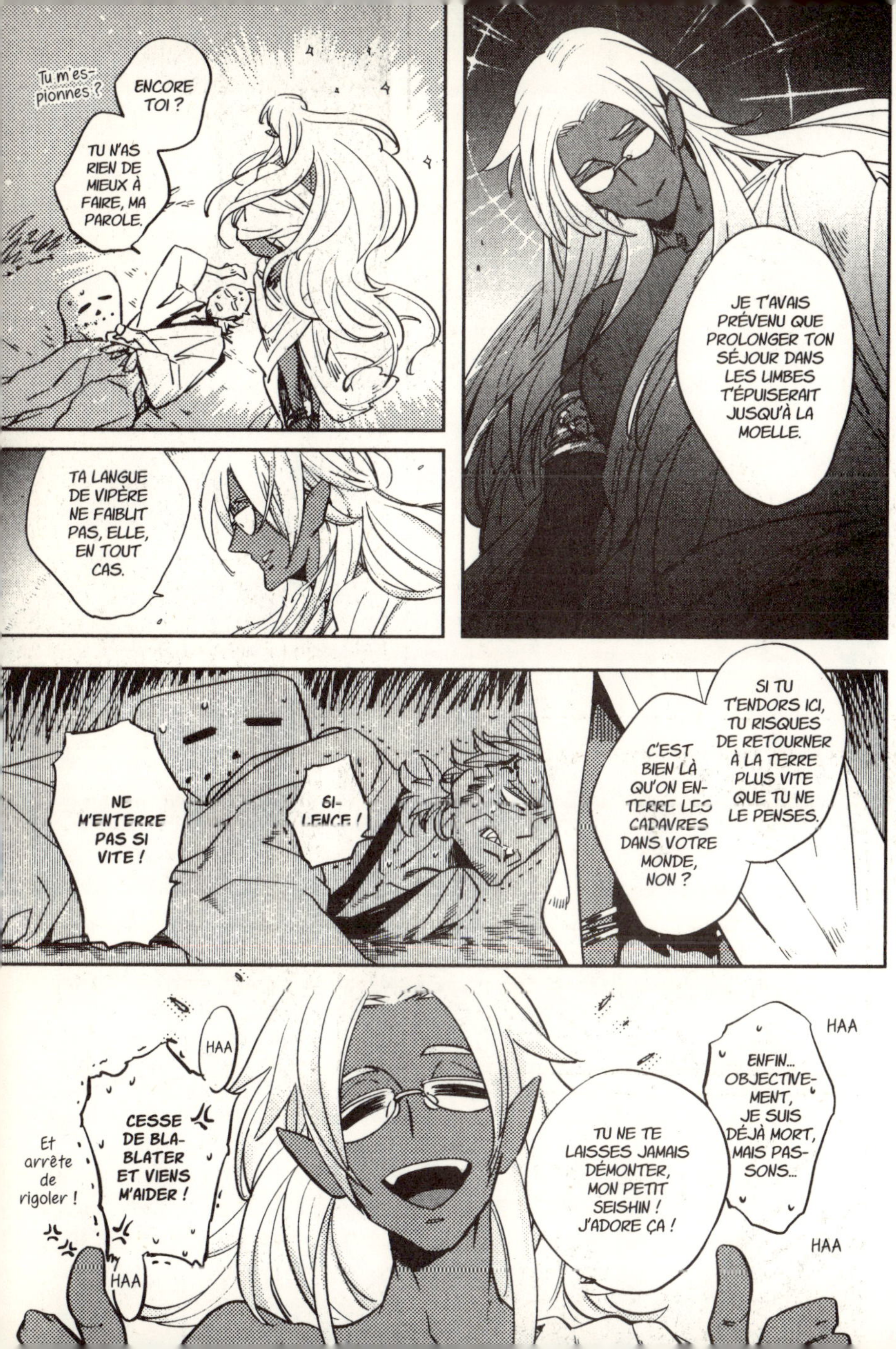
ENCORE TOI ?
Tu m'es-pionnes ?
TU N'AS RIEN DE MIEUX À FAIRE, MA PAROLE.
JE T'AVAIS PRÉVENU QUE PROLONGER TON SÉJOUR DANS LES LIMBES T'ÉPUISERAIT JUSQU'À LA MOELLE.
TA LANGUE DE VIPÈRE NE FAIBLIT PAS, ELLE, EN TOUT CAS.
SI TU T'ENDORS ICI, TU RISQUES DE RETOURNER À LA TERRE PLUS VITE QUE TU NE LE PENSES.
C'EST BIEN LÀ QU'ON EN-TERRE LES CADAVRES DANS VOTRE MONDE, NON ?
SI-LENCE !
NE M'ENTERRE PAS SI VITE !
HAA
ENFIN... OBJECTIVE-MENT, JE SUIS DÉJÀ MORT, MAIS PAS-SONS...
HAA
TU NE TE LAISSES JAMAIS DÉMONTER, MON PETIT SEISHIN ! J'ADORE ÇA !
HAA
CESSE DE BLA-BLATER ET VIENS M'AIDER !
Et arrête de rigoler !
HAA

JE TE L'AI DIT.
TON ATTACHEMENT POUR TON FILS TE TUERA.
TU NE PEUX PAS CONTINUER À SUPPORTER LA « VIE » DE DEUX PERSONNES.
.....
ÇA FAIT DÉJÀ PLUS D'UN AN QUE TU PROLONGES TON MANDAT, ICI.
JE NE PEUX PAS ÊTRE À BOUT DE FORCE APRÈS À PEINE UNE ANNÉE...
HAN
HAN
ALLEZ...
TU AS BIEN TENU LE COUP, POUR UN HOMME DE TON ÂGE !
LA FERME !
HAN
ENFIN... POUR UNE ÂME DE TON ÂGE, PLUTÔT.
HAN
ÇA SUFFIT !
HAN
HAN
SEISHIN...
IL N'EST PAS TROP TARD.
N'Y PENSE MÊME PAS !

JE N'AI PAS LA MOINDRE ENVIE DE ME RÉINCARNER ET DE RENAÎTRE.
JE PRÉFÈRE MOURIR SOUS LE MÊME CIEL QUE MON FILS.
AH...
QUELLE BELLE NUIT.
UNE NUIT PARFAITE POUR MOURIR.
JE PRÉFÈRE PARTIR TANT QU'IL EST ENDORMI.

Je sais...
... qu'il est en train de dormir paisiblement aux côtés de l'homme qu'il aime.
J'ESPÈRE QU'IL FAIT DE BEAUX RÊVES.
SEISHIN...
SI JE NE PEUX PAS LE SAUVER, ALORS...
HAN !
... JE VEUX AU MOINS M'EN ALLER PENDANT SON SOMMEIL.
HAN !
PARDONNE-MOI, MAKOTO...
PARDONNE-MOI,...

[episode] 7
SEISHIN...
MAKO-TO...
Papa !

Regarde !
J'ai ramassé plein de légumes !
......
Avec ça, on pourra préparer un bon repas !
Mako-to...
Il est trop tôt...
Je n'ai pas encore pu te donner tout ce que tu mérites...

Je n'ai rien
à te laisser.

TOBACCO
GOLEM !
LE REPAS EST PRESQUE PRÊT.
D'AC-CORD !
FSHH
GOLEM, C'EST TERRIBLE !

SALUT, OROCHI !
TU VEUX MANGER AVEC NOUS ?
CE N'EST PAS LE MOMENT !
Même si j'ai très faim !
UN NOUVEAU GARDIEN VIENT TOUT JUSTE D'ARRIVER.
ENCORE ?
TU ÉTAIS AU COURANT ?
NON...
IL Y A PEUT-ÊTRE EU UNE ERREUR SUR LE JOUR DE DÉBUT DE SON MANDAT ?
ET CE N'EST PAS TOUT...

IL RESSEMBLE AU DOCTEUR, NON ?
CARRÉMENT...
MAIS DANS UNE COULEUR DIFFÉRENTE.
OUAIS...
PUIS IL A AUSSI CETTE ESPÈCE D'ÉPONGE GÉANTE. IL DOIT ÊTRE DE SA FAMILLE...
La grosse éponge lit un bouquin...
TU AS UNE IDÉE ?
.....
PAPA...
C'EST MON PÈRE.

COMME QUOI, UN ENFANT RECONNAÎT TOUJOURS LE VISAGE D'UN PARENT.
QU'EST-CE QUE ÇA VEUT DIRE ?
EXPLIQUEZ-NOUS...
RAAAH...
DÉGAGEZ LE PASSAGE.
C'EST UNE CHOSE QUI ARRIVE, EN DE RARES EXCEPTIONS, LORSQU'UNE ÂME DISPARAÎT !
Ne sois pas si désagréable.
MAINTENANT, ARRÊTEZ DE PIAILLER ET DÉGUERPISSEZ.
UNE SECONDE !
C'EST VRAIMENT LE DOCTEUR, ALORS ?!
COMMENT ÇA, QUAND UNE ÂME DISPARAÎT ?!
ÇA SUFFIT !
ALLONS, CALMEZ-VOUS
HÉ...
QUE SE PASSE-T-IL, AU JUSTE ?
ON POURRAIT AVOIR DES EXPLICATIONS ?

LE DOCTEUR EST UN DE NOS AMIS, ON A LE DROIT DE SAVOIR.
Exactement !
EXPLIQUEZ-NOUS !
Ouais !
Ouais !
APPRENEZ À RESTER À VOTRE PLACE !
JE VOUS RAPPELLE QUE VOUS ÊTES PRISONNIERS ICI, DANS LES LIMBES. VOUS N'AVEZ AUCUN DROIT DE NOUS POSER DES QUESTIONS.
TOUT CE QU'ON VOUS DEMANDE, C'EST D'OBÉIR AUX RÈGLES DE CE MONDE.
ALLEZ ! RETOURNEZ TOUS À VOS OCCUPATIONS !
MAKOTO...
TU PEUX VENIR AVEC MOI ?
Fichez le camp !
Boo—
Boo—
Boo—
DITES...
JE NE POURRAIS PAS ALLER PARLER À MON PÈRE ?
IL VAUT MIEUX QUE TU RENONCES À CETTE IDÉE.

SA SITUATION EST TRÈS INSTABLE ET IL NE TE RECONNAÎTRA PROBABLEMENT MÊME PAS.
Il était une fois, dans un grand royaume...
DANS SON ESPRIT, TU N'ES ENCORE QU'UN ENFANT D'À PEINE 4 OU 5 ANS.
NE T'EN FAIS PAS POUR LUI, IL LUI SUFFIT DE SE REPOSER PENDANT QUELQUES JOURS.
PUIS, UN SHINIGAMI S'OCCUPERA DE LUI.
CALEN...
EST-CE QUE ÇA VA ?
OUI...
JE TE CONFIE MON PÈRE.
SEISHIN ÉTAIT EN TRAIN DE DISPARAÎTRE ?
POURQUOI SI SOUDAINEMENT ?

BONJOUR, SEISHIN.
CRII
OU ENCHANTÉ, PLUTÔT.
JE M'APPELLE CALEN.
CALEN ?
QUEL NOM ÉTRANGE...
C'est ton fils qui me l'a trouvé !
QU'EST-IL ARRIVÉ À TON ŒIL ?
SI C'EST UNE MALADIE, JE PEUX T'EXAMINER.
C'EST GENTIL MAIS JE N'AI PLUS D'ŒIL DU TOUT.
ET TOI, COMMENT TE SENS-TU ?
PAS TROP MAL, MAIS J'AI LA TÊTE UN PEU EMBRUMÉE.

?
FOUAAAH
FROSH !
JE CROIS QUE JE VAIS BIENTÔT ME RÉVEILLER.
JE SUIS EN TRAIN DE RÊVER, NON ?
AH...
AUTANT PROFITER UN PEU AVANT QUE ÇA N'ARRIVE.
IL SE CROIT AU BEAU MILIEU D'UN RÊVE.
ET TU VAS RESTER ICI À LIRE DES BOUQUINS ?
ON M'A DEMANDÉ DE RESTER TRAN-QUILLE.
TU VOIS LE TYPE AVEC DES LONGS CHEVEUX ET DES LUNETTES ?
IL A LE TEINT HÂLÉ, AUSSI.
AH, LUI...
LUI...

OUI, VOILÀ !
LES LIMBES.
QU'EST-CE QU'IL M'A RÉPONDU, DÉJÀ, QUAND JE LUI AI DEMANDÉ CE QUE C'ÉTAIT QUE CET ENDROIT... ?
OUIIIN ! CRÉTIN ! NE MEURS PAS COMME ÇA, SANS PRÉVENIR ! JE SUIS UN ANGE, MOI ! SI TU MEURS AVANT TA RÉINCARNATION, ÇA VA RESTER MARQUÉ DANS MON DOSSIER ET J'AURAI UNE MAUVAISE ÉVALUATION ! NE ME REFAIS JAMAIS ÇA ! QUAND TU AS COMMENCÉ À DISPARAÎTRE POUR DE BON, J'AI CRU QUE J'ALLAIS MOURIR ! JE SUIS TELLEMENT CONTENT QUE TU NE SOIS PAS MORT ! ENFIN... MÊME SI TECHNIQUEMENT, TU L'ES QUAND MÊME DÉJÀ...
IL ÉTAIT EN TRAIN DE PLEURER COMME UN GAMIN EN PLEIN MILIEU D'UN CHAMP.
ET QUE JE DISPARAÎTRAIS SI JE NE RESTAIS PAS TRANQUILLE.
IL M'A AUSSI DIT QUE MALGRÉ LE FAIT QUE JE NE SOIS PLUS QU'UNE ÂME, J'ÉTAIS AUX PORTES DE LA MORT.
LE PAYS DES MORTS.
COMME ON EST AU PAYS DES MORTS, J'AI CRU QUE JE POURRAIS REVOIR MA FEMME...
LIS-MOI
TU Y COMPRENDS QUELQUE CHOSE, TOI ?
MOI, ABSOLUMENT RIEN !
HA HA HA HA HA HA

CALEN !
TU ÉTAIS LÀ ?
MAKOTO...

JE COMPRENDS.
!
JE SUIS SÛR QUE TOUT LE MONDE DOIT BEAUCOUP AIMER TON FILS.
IL DEVIENDRA UN JEUNE HOMME RE-MARQUABLE.
......
OUI !

J'AI LA PARTICULARITÉ DE RETENIR TOUT CE QUE JE VOIS EN RÊVE.
LE MONDE DES RÊVES REGORGE D'HISTOIRES QUI PLAISENT AUX ENFANTS.
TU DOIS L'AIMER ÉNORMÉMENT.
ÉVIDEMMENT.
MON INCOMPÉTENCE LUI A DÉJÀ ARRACHÉ SA MÈRE.
MAIS MÊME SANS CETTE « DETTE » QUE J'AI ENVERS LUI, IL EST LE PLUS ADORABLE DES GARÇONS, POUR MOI.
Il est parfois un peu bête et c'est un pleurnichard, mais il a un sacré caractère.
C'est un bon garçon, gentil et attentionné.
IL EST...
... TOUTE MA VIE.

JE VIENS D'UNE FAMILLE DE PAYSANS, MAIS J'AI ÉTUDIÉ COMME UN FOU POUR DEVENIR MÉDECIN.
L'INSTRUCTION, C'EST TOUT CE DONT DISPOSENT LES PAUVRES POUR POUVOIR SE RELEVER.
SES PARENTS ÉTAIENT PAYSANS, ALORS...
VOILÀ POURQUOI IL ÉTAIT SI DOUÉ POUR CULTIVER.
MAIS ON M'A BIEN FAIT COMPRENDRE QUE JE DEVAIS RESTER ICI BIEN SAGEMENT ET ÉTUDIER UN PEU.
QUELLE ASSIDUITÉ...
MON RÊVE, C'EST DE GAGNER BEAUCOUP D'ARGENT, D'AVOIR PLUSIEURS FEMMES À MES PIEDS ET DE VIVRE EN PROFITANT DE TOUS LES PLAISIRS QUE LA VIE A À OFFRIR.
C'EST DRÔLE D'AVOIR CHOISI UN LIVRE AUSSI MIGNON, POUR QUELQU'UN QUI N'A PAS PEUR D'EXPOSER SES VICES.
C'EST POUR VOTRE FILS ?
HM

DÉSOLÉ DE RENTRER SI TARD.
JE ME SUIS DÉJÀ OCCUPÉ DE TOUT POUR DEMAIN, ÇA A PRIS PLUS DE TEMPS QUE PRÉVU.
OCCUPÉ DE TOUT ?
LES ANGES VEILLENT SUR MON PÈRE, ON DEVRAIT RENTRER.
ON N'A TOUJOURS PAS MANGÉ, FINALEMENT.
DE QUOI T'ES-TU OCCUPÉ ?
TU AS RENCONTRÉ SEISHIN ?
PAS DIRECTEMENT, NON, ON ME L'A INTERDIT.
MAIS JE L'AI APERÇU QUAND LA PORTE ÉTAIT OUVERTE...
CALEN...

DEMAIN...
... SA CÉRÉMONIE DE RÉINCARNATION AURA LIEU.
ENSUITE...
... QUAND TU AURAS ACCOMPAGNÉ MON PÈRE...
JE DEVRAI AUSSI PROBABLEMENT...
... FAIRE MES ADIEUX À TOUT LE MONDE.

ÇA PROUVE QUE MÊME TOUT EN HAUT, IL Y A CERTAINES CHOSES QU'ILS IGNORENT.
JE PENSAIS QU'ILS SERAIENT CAPABLES DE M'EN DIRE UN PEU PLUS, J'AVOUE ÊTRE UN PEU DÉÇU.
ENFIN... ON NE PEUT RIEN AFFIRMER PUISQU'IL N'Y A JAMAIS EU DE CAS SIMILAIRE.
J'AI TOUJOURS IMAGINÉ CE MOMENT.
SUR TERRE, MON CORPS DE BOUE EST RETOURNÉ À L'ÉTAT DE POUSSIÈRE À LA MORT DE MON PÈRE.
JE SUPPOSE QUE CE SERA PAREIL ICI.
QUAND IL SERA PARTI, JE NE SERAI PLUS QU'UN PANTIN DE TERRE.

QUAND ON Y RÉFLÉCHIT, C'EST LOGIQUE...
... PUISQUE MON CORPS EST FAIT DE BOUE.
SI ON NE LE RÉPARE PAS RÉGULIÈREMENT, IL S'EFFRITERA ET TOMBERA EN MORCEAUX.
ET PUIS, IL N'Y AURA PLUS PERSONNE POUR ME SOIGNER SI UN DÉVOREUR ME BLESSE.
SANS MON PÈRE, JE NE POURRAI PAS GARDER MON CORPS TRÈS LONGTEMPS.
JE NE PEUX PAS VIVRE LOIN DE LUI.
MAIS...
... AU DÉPART, C'EST MOI QUI AI RUINÉ LA VIE TOUTE ENTIÈRE DE MON PÈRE.

SI JE N'ÉTAIS PAS MORT DE CETTE MAUDITE MALADIE, IL NE SE SERAIT JAMAIS ÉLOIGNÉ DU DROIT CHEMIN.
IL A TOUT PERDU PAR MA FAUTE.
SON QUOTIDIEN, SA VIE NORMALE, SA POSITION DE MÉDECIN...
J'AI AUSSI TRAHI TOUTES CELLES ET CEUX QUI COMPTAIENT SUR LUI.
IL AURAIT MIEUX VALU QUE JE NE VIENNE JAMAIS AU MONDE !
J'AI MÊME PRIS... LA VIE DE MON PÈRE...

MAKO-TO...
JE SUIS DÉSOLÉ.
EN RÉALITÉ...
... J'AVAIS UN PEU D'ESPOIR.
EN VIVANT ICI AVEC MON PÈRE ET TOUS MES AMIS, EN T'AIMANT ET EN RECEVANT TON AMOUR EN RETOUR...
... J'AVAIS ESPÉRÉ POUVOIR REDEVENIR HUMAIN.
J'AI PENSÉ QU'EN FAISANT DE MON MIEUX, MON PÈRE POURRAIT ÊTRE GRACIÉ...
... ET QU'UN JOUR...
... JE LE SERAIS À MON TOUR.

CE GENRE DE CHOSE...
... NE DEVRAIT PAS ARRIVER !
SNIF
SNIF
SNIF
GOLEM ET LE DOCTEUR N'ONT RIEN FAIT DE MAL.
WASP...
PARTONS.
LAISSONS-LES UN PEU SEULS.

HMMMF ...
LES ANGES M'ONT TOUT RACONTÉ.
MON PÈRE AVAIT REFUSÉ SA RÉINCARNATION.
ÇA FAIT DU BIEN DE PRENDRE UN PEU L'AIR.

MAIS...
C'EST CE QUE J'AI CRU, AU DÉPART.
EN RESTANT DANS LES LIMBES, IL SAVAIT QUE TU NE DISPARAÎTRAIS PAS.
IL A CHOISI DE VIVRE ICI, AVEC TOI.
QU'EST-CE QUE ÇA VEUT DIRE ?
J'AURAIS DÛ DISPARAÎTRE IL Y A PLUS D'UN AN, DÉJÀ.
ET SON REFUS NE POUVAIT RIEN Y CHANGER.
QUAND LA NOMINATION DE MON PÈRE POUR SA RÉINCARNATION EST TOMBÉE, LA DATE DE MA MORT A ÉTÉ SCELLÉE EN MÊME TEMPS.
QUE MON PÈRE M'A DONNÉ LA MOITIÉ DE SA VIE.
PAS POUR POUVOIR VIVRE À MES CÔTÉS, NON...
... MAIS POUR QU'ON PUISSE MOURIR ENSEMBLE.

SI CHOISIR DE SE RÉINCARNER OU DE RESTER VIVRE ICI, DANS LES LIMBES, JUSQU'À CE QUE SON ÂME DISPARAISSE NE CHANGEAIT QUAND MÊME RIEN À MA SITUATION, ALORS...
... IL PRÉFÉRAIT MOURIR ICI, AVEC MOI. C'EST CE QU'IL A DIT.
ET C'EST LARGEMENT SUFFISANT.
JE NE PEUX RIEN LUI PRENDRE DE PLUS.
SI JE PEUX FAIRE QUOI QUE CE SOIT, N'HÉSITE PAS.

JE N'AI PAS PU LE FAIRE, SUR TERRE.
J'AIMERAIS LUI DIRE AU REVOIR.
LAISSE-MOI L'ACCOMPAGNER LORS DE SA CÉRÉMONIE DE RÉINCARNATION.
EN TANT QUE FILS...
... JE VEUX POUVOIR ACCOMPLIR MON RÔLE CORRECTEMENT, CETTE FOIS AU MOINS.

TU FERAIS PRESQUE PEUR DANS CET ACCOUTREMENT, CALEN.
HIHIHI
UNE VRAIE LANGUE DE VIPÈRE.
OH, C'EST TOI !
TAC
IL VA FALLOIR QUE JE ME LÈVE POUR PRÉPARER LE REPAS DE MON FILS.
LES RÊVES NE DURENT JAMAIS BIEN LONGTEMPS !
NOUS DEVONS DÉJÀ NOUS DIRE AU REVOIR.
TU NE CONNAÎTRAIS PAS UN JEUNE HOMME D'À PEU PRÈS 18 OU 19 ANS, AVEC DES CHEVEUX CHÂTAIN, ASSEZ COURTS ?
AH, AU FAIT !

JE L'AI APERÇU HIER MAIS IL EST PARTI AVANT QUE JE PUISSE LUI PARLER.
C'EST MAKOTO...
JE NE SAIS PAS, IL Y A BEAUCOUP DE JEUNES DE CET ÂGE.
JE VOIS...
JE NE L'AI VU QUE TRÈS BRIÈVEMENT...
... MAIS J'AI PRESQUE CRU QUE MA FEMME AVAIT CHANGÉ SON APPARENCE POUR VENIR ME RENDRE VISITE.
ALLEZ, NE FAIS PAS CETTE TÊTE !
JE NE SAIS PAS TROP SI JE SUIS AU PAYS DES MORTS OU AU PAYS DES RÊVES, MAIS PEU IMPORTE, CE NE SERAIT PAS IMPOSSIBLE !
J'étais un mari très dévoué !
SI TU LE DIS...
GRAB
ON NE PEUT PAS TROMPER L'INTUITION HUMAINE.
C'EST TRISTE, MAIS IL VALAIT MIEUX NE PAS LAISSER LE GAMIN ASSISTER À LA CÉRÉMONIE.
NOUS N'AVIONS PAS LE CHOIX.

Si tu te montres, rien ne garantit qu'il ne retrouvera pas la mémoire.
Et cette fois, s'il refuse la réincarnation, son âme disparaîtra pour de bon.
NE TE FAIS PAS TANT DE MOURON, MAKOTO !
ON S'EN FOUT DE CE QU'ILS DISENT, EN HAUT !
ON VA TE PROTÉGER, NOUS !
Merci ...
Notre travail consiste à faire circuler un maximum d'âmes.
SI UNE ÂME DEVAIT DISPARAÎTRE DEVANT LES PORTES DE LA RÉINCARNATION, CE SERAIT TERRIBLE !
DASH
JE SAIS, TU TE RÉPÈTES !
BON !
IL VA ÊTRE L'HEURE.

TIENS, JE TE DONNE ÇA.
ON APPELLE ÇA UN « SHIKI ».
C'EST UN PEU COMME UN PAPIER PROTECTEUR.
QUAND TU RENCONTRERAS CETTE PERSONNE, DONNE-LE-LUI.
CE GAMIN QUE TU AS APERÇU ?
Tu ne connais pourtant ni son nom, ni son visage.
PAS LUI, CRÉTIN.
LA PERSONNE QUE TU AIMERAS DU PLUS PROFOND DE TON CŒUR.
MES SHIKI FONCTIONNENT TOUJOURS.
GARDE-LE BIEN EN SOUVENIR DE MOI.

SEISHIN...
.....
MALGRÉ QU'IL AIT PERDU LA MÉMOIRE, IL LUI CONFIE SON AMOUR POUR SON FILS.
CET HOMME M'AURA SURPRIS ET AMUSÉ JUSQU'AU BOUT.
BON...
À présent, c'est à votre tour d'entrer en scène.

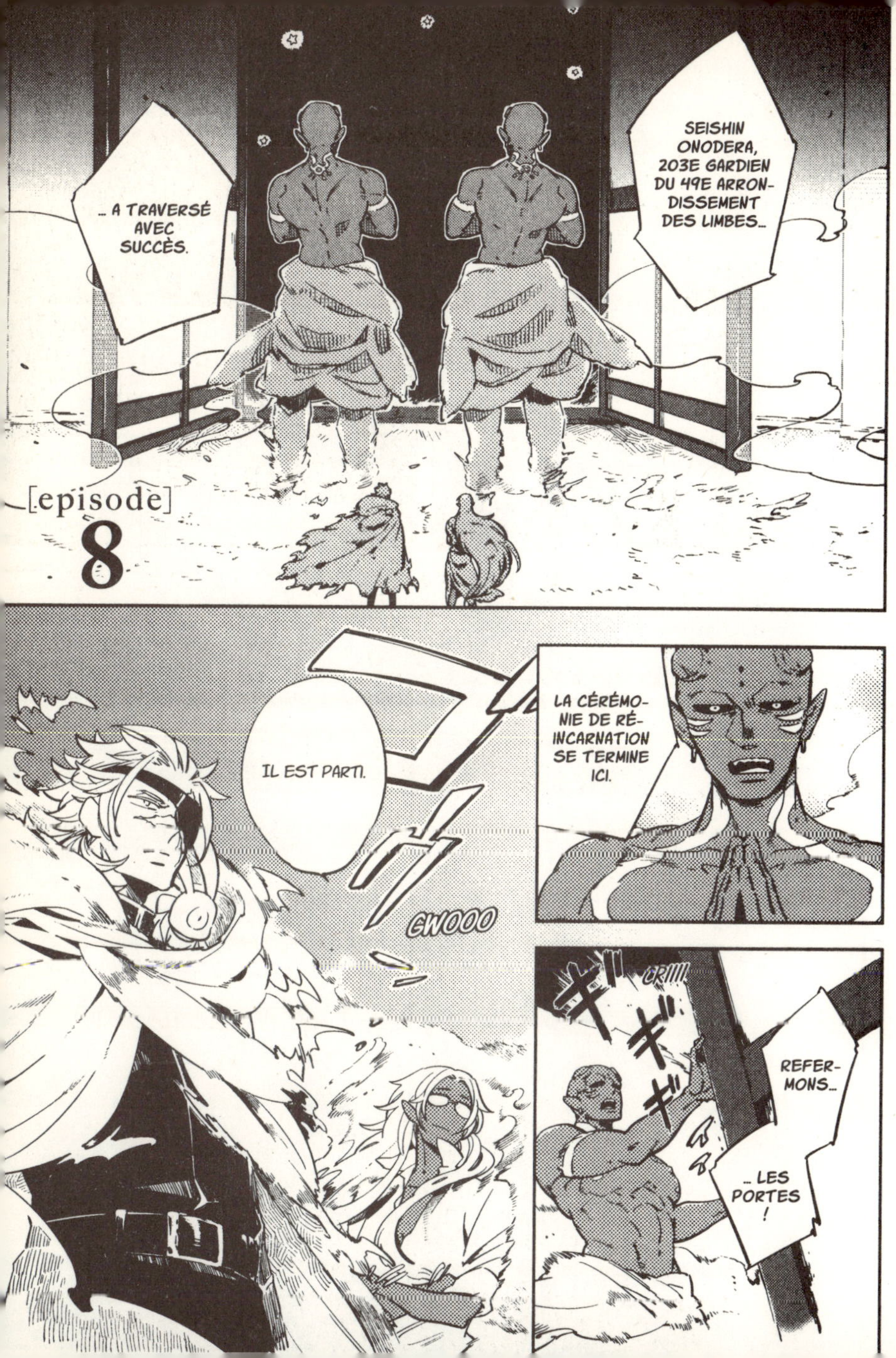
SEISHIN ONODERA, 203E GARDIEN DU 49E ARRONDISSEMENT DES LIMBES...
... A TRAVERSÉ AVEC SUCCÈS.
[episode]
8
LA CÉRÉMONIE DE RÉINCARNATION SE TERMINE ICI.
IL EST PARTI.
GWOOO
CRIIII
REFERMONS...
... LES PORTES !

BLA
C'EST PLUS COMPLIQUÉ D'AIDER QUELQU'UN QU'ON CONNAÎT À SE RÉINCARNER, HEIN ?
BLA
MOI AUSSI JE PARLE DES JOIES DE LA RÉINCARNATION ET TOUT LE TRALALA, MAIS LA VIE A QUAND MÊME L'AIR PLUS COMPLIQUÉE SUR TERRE ! IL RISQUE D'ÊTRE VITE ÉPUISÉ !
BLA
STAP
BEN ALORS, T'ES PAS TRÈS CAUSANT !
TU T'INQUIÈTES POUR TON AMOUREUX, HEIN ?
À T'ÉNERVER POUR UN RIEN, TU RISQUES DE PASSER À CÔTÉ DE L'ÉVIDENCE, FAIS ATTENTION.
TU AS DES CHOSES À ACCOMPLIR.
!
QUE VEUX-TU DIRE ?
TIENS ?
TU TE RÉVEILLES QUAND ON PARLE DE TON AMOUREUX ? ♥

MAKOTO !
TU VAS BIEN ?
WHAM
CALEN !
TANT MIEUX !
ÇA A L'AIR D'ALLER !
OUF
IL EST ENCORE TROP TÔT POUR QUE LE DÉPART DE SON PÈRE L'INFLUENCE.

PAS TROP FATIGUÉ ?
ÇA VA.
ET MON PÈRE... ?
IL EST PARTI EN PAIX.
QU'Y A-T-IL ?
TU TE SENS MAL ?
NON...
TU DOIS LUI EN PARLER, GOLEM !
EUH...
IL S'EST ÉVANOUI, TOUT À L'HEURE !
OROCHI, ARRÊTE !
!

HAHAHA
J'AI JUSTE TRÉBUCHÉ, EN FAIT.
JE ME DEMANDAIS SI LA CÉRÉMONIE SE PASSAIT BIEN, J'ÉTAIS DANS LA LUNE, ET JE ME SUIS EMMÊLÉ LES PIEDS.
Ça ne s'est pas du tout passé comme ça !
ÇA VA, MAINTE-NANT…
MAKOTO…
RENTRONS CHEZ NOUS.

GOLEM JOUE LES DURS ! JE VOIS MAL SUR QUOI IL AURAIT PU TRÉBUCHER, DANS CETTE PIÈCE !
C'EST CLAIR !
OUAIS, JE SAIS.
IL AURA BIENTÔT ÉPUISÉ TOUTE L'ÉNERGIE QUI LUI RESTE.
!
NE DIS PAS ÇA COMME ÇA...
LA FERME.
TU L'AS ENTENDU LE DIRE COMME MOI.
« J'ai vécu en utilisant les réserves vitales de mon père. »
« Quand il mourra, je mourrai aussi. »
Mon père va laisser tous ses champs derrière lui, il faudra s'en occuper.
Il doit avoir consigné par écrit le plus important.
C'est de toi dont il s'agit, là !
JE ME PRÉPARE À CE MOMENT DEPUIS LONGTEMPS.
MOI, CE N'EST PAS GRAVE.

VOUS AVEZ VU SON SOURIRE NONCHALANT ?
ON EST LES SEULS À NE PAS Y ÊTRE PRÉPARÉS.
GOLEM EST TROP FROID.
IL FAIT COMME SI ÇA LUI ÉTAIT ÉGAL...
ON EST SES AMIS, QUAND MÊME.
C'EST VRAIMENT DIFFICILE À VIVRE.
D'AUTANT PLUS QU'ON NE PEUT RIEN FAIRE POUR L'AIDER.
ORDO...

QUAND CALEN EST VENU LE CHERCHER...
J'ai été content pour lui, qu'il puisse passer le temps qui lui reste avec celui qu'il aime.
Oui, c'est ce que j'ai ressenti.
Et puis...
Honnêtement, j'ai aussi été un peu soulagé de savoir...
... qu'il ne mourrait probablement pas sous nos yeux.
ORDO...
VOUS ALLEZ PEUT-ÊTRE ME TROUVER INSENSIBLE...
... MAIS JE PENSE QUE C'EST MIEUX AINSI.
Makoto...
Rentrons chez nous.

Ça n'a duré que l'espace d'une seconde...
... mais je ne l'avais jamais vu faire une tête pareille.
À sa manière, il a fait de son mieux pour ne rien nous montrer.
PFFF
...
C'EST CALEN QUI DEVRA FAIRE FACE À ÇA.
JE SAIS QU'EN FACE DE LUI, JE N'AURAIS PAS TENU LE COUP.
SNIF

HAN...
HAN !
......
HAN !
NH...
FRSH !
NGH...

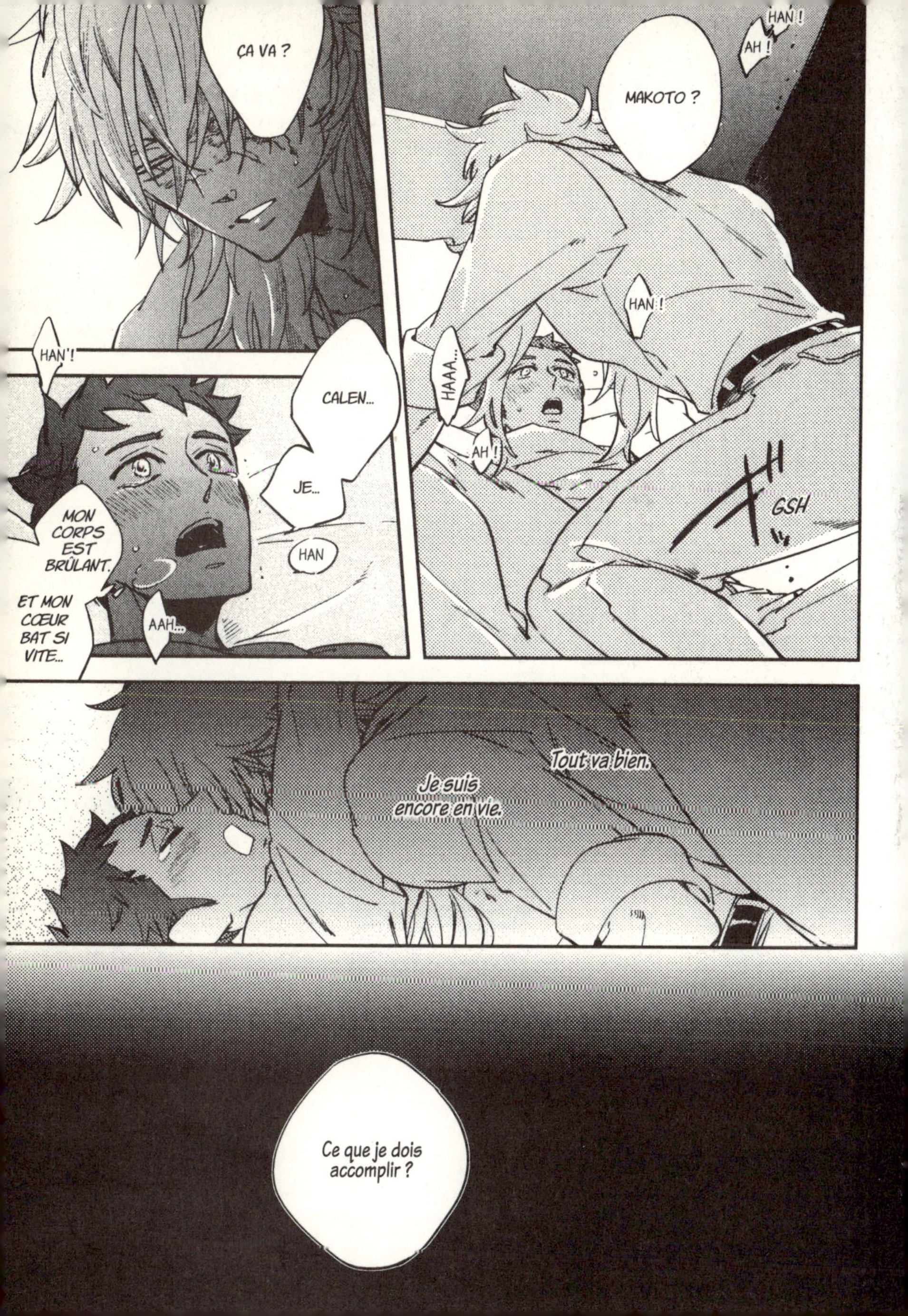
HAN !
AH !
MAKOTO ?
HAN !
HAAA...
AH !
GSH
ÇA VA ?
HAN'!
CALEN...
JE...
HAN
MON CORPS EST BRÛLANT.
ET MON CŒUR BAT SI VITE...
AAH...
Tout va bien.
Je suis encore en vie.
Ce que je dois accomplir ?

Tu as dit que ça concernait Makoto...
Il y a un moyen de le sauver ?
Je n'en sais trop rien...
Qu'en penses-tu ?
Désolé, mais je n'ai pas le temps pour les discussions inutiles. Remettons ça à plus tard.
Attends !
Le mendiant qui se hâte trop ne reçoit rien. Tu connais ce proverbe ?
HAHAHA
Allez, ne fais pas cette tête effrayante !

L'âme de ton petit copain...
... est incomplète.
Écoute-moi bien...
Incomplète ?
SHRR
Sceller une âme humaine dans une poupée de terre glaise est une technique que les humains ne maîtrisent pas à la perfection.
Il en a perdu une partie lorsque son père l'a ramené à la vie.
FROSH !
PSHIII
C'est ça !
Bien sûr !
Ah bon ?
Comme son âme n'était déjà plus entière lors de son arrivée ici, il a hérité d'un corps artificiel, et non d'un vrai corps humain.
Si son âme était à nouveau complète, il devrait pouvoir retrouver un corps humain, fait de chair et de sang.

D'après les archives, Makoto Onodera n'a été jugé qu'une seule fois.
Mais revenons-en à ton copain.
Mais fondamentalement, il faut que les humains démembrés lors d'un accident puissent revenir en un seul morceau. Le contraire serait embêtant.
Les très vieilles blessures et les cas comme celui de ton œil gauche sont différents.
HM !
Et donc ?
Tu veux dire que son âme a erré sur terre jusqu'à ce que Seishin le ramène à la vie ?
C'est lors de son premier et unique jugement qu'il a été assigné au poste de gardien dans les Limbes avec son père.
Autrement dit...
... il n'a pas été jugé lorsqu'il est mort à 18 ans.
STAP
Ce n'est pas impossible, puisque rien n'a été archivé à ce sujet.
Il faisait peut-être partie de ces esprits liés à la terre, qui ne peuvent s'en aller en paix.

Monsieur l'inspecteur ...
Vous n'êtes pas censé divulguer ce genre d'information.
Oups !
C'est tout ce que j'avais à dire.
Je te laisse décider de la suite, tout ne tient qu'à toi.
Attends ...
Que veux-tu que je fasse ?
Oh, je ne t'oblige à rien.
Mais j'avoue placer certaines espérances en toi.
Épate-moi, Shinigami !
Prouve-moi tout l'amour que tu lui portes !
.....

L'amour ?
HAN
HAN
....
HAN
HAN
...
GSH
NNH...
HAN !
HAN !
AH !
UH !
AAH...
HAN
GSH
PLAF
PLAF
AAH...
AH !
FRSH
CALEN...
HAN
JE T'AIME !
JE T'AIME...
OUI, MOI AUSSI.
HAA...
HAN...
HAN...
GSH

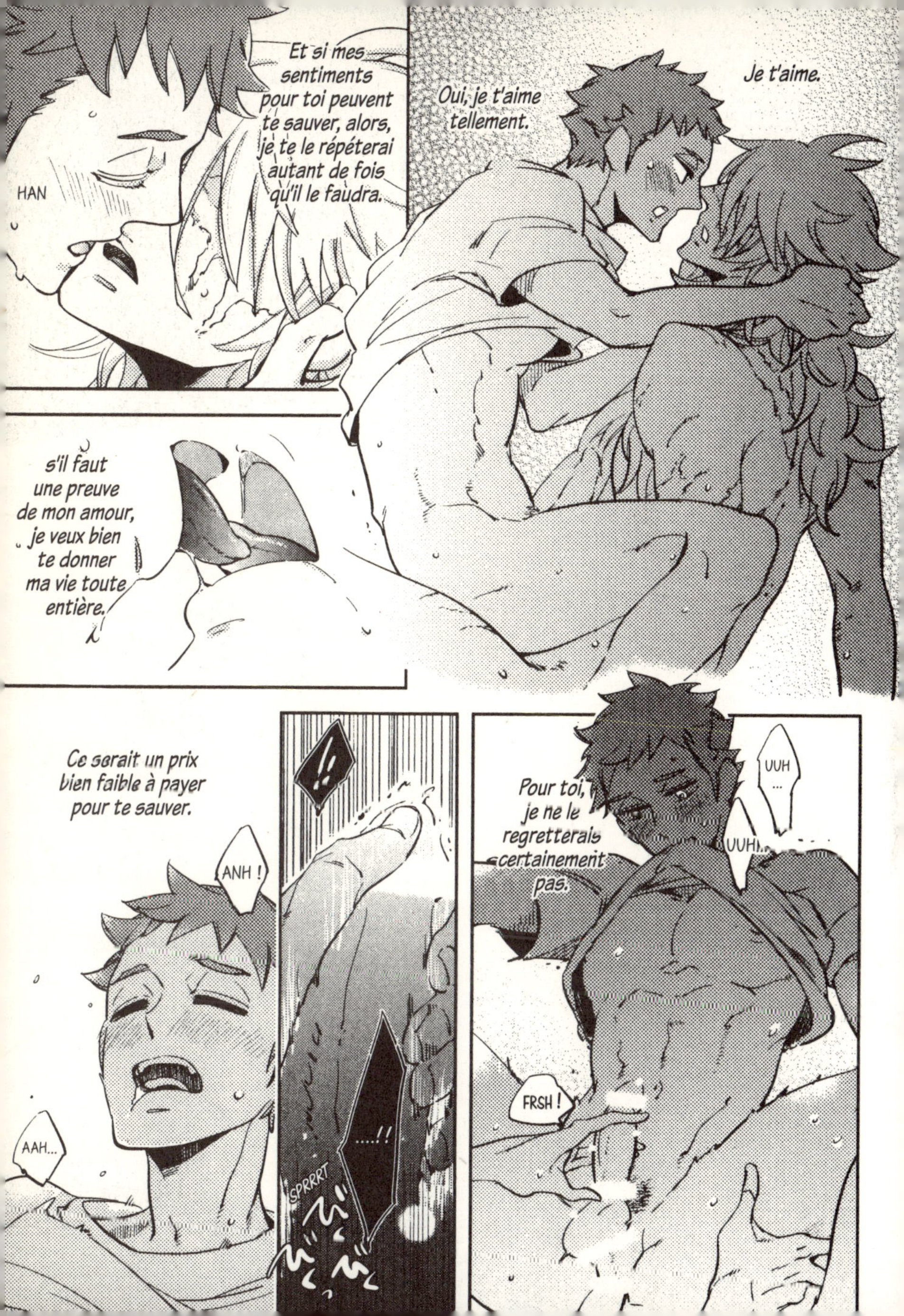
Je t'aime.
Oui, je t'aime tellement.
Et si mes sentiments pour toi peuvent te sauver, alors, je te le répéterai autant de fois qu'il le faudra.
HAN
s'il faut une preuve de mon amour, je veux bien te donner ma vie toute entière.
Ce serait un prix bien faible à payer pour te sauver.
ANH !
AAH...
....!!
SPRRRT
Pour toi, je ne le regretterais certainement pas.
UUH ...
UUHM...
FRSH !

AANH...
HAN...
AH !
LA NUIT OÙ ON S'EST UNIS POUR LA PREMIÈRE FOIS...
... JE ME SUIS JURÉ DE FAIRE TOUT CE QUI ÉTAIT EN MON POUVOIR POUR TOI.
...
HAN
AH !
Calen...
PLIC ! PLIC !
SPRRSH
SPRRT
Peu m'importe si je dois souffrir ou renoncer à ma vie pour ça.
Mais...

Car pour moi, te donner tout ce que je possède serait le plus grand des bonheurs.
Il n'y aurait donc là aucune rédemption.
GSH
GSH
BIEN !
CRR !
JE N'AI AUCUN PROBLÈME POUR BOUGER.
... serait-ce vraiment une rédemption ?

MIMI !
PAT
PAT
NE T'EN FAIS PAS, JE N'AI PAS MAL.
MERCI DE T'INQUIÉTER POUR MOI.
KIIH !
KIIH !
ALLEZ, JE N'AI PAS LE TEMPS DE ME PLAINDRE !
AUTANT FAIRE LE MAXIMUM DE CHOSES TANT QUE MON CORPS FONCTIONNE...
BOBOM
GH... ?!
.....
FSHHH

BON, ÇA SUFFIT.
PFFF...
ASSEZ DE SENTIMENTALISME POUR AUJOURD'HUI.
FROUSH
GNNH !
Je n'ai pas le temps d'hésiter.
HM !
Je dois réfléchir.
Un esprit coincé sur terre, sans passer par le jugement.
Une âme incomplète...
UNE SECONDE...
QU'EST DEVENUE LA PARTIE MANQUANTE DE SON ÂME ?
Il doit y avoir d'autres âmes qui n'arrivent pas jusqu'au lieu du jugement.
MAKOTO...
Et dans ce cas-là...
COMMENT TE SENS-TU ?

J'ENTRE...
CRII
!
MAKOTO !
MAKOTO !
FROUSH
TU M'EN-
TENDS ?
TIENS
BON !
HAN
.....
CALEN...
JE...

PARDONNE-MOI...
JE T'AI MENTI.
QUAND J'AI DIT QUE JE N'AVAIS PAS PEUR DES ADIEUX, C'ÉTAIT DU VENT.
JE NE SUPPORTERAIS PAS DE TE PERDRE.
JE NE VEUX PAS... TE PERDRE...
GRAB
TANT...
... QUE TU RESTES AVEC MOI, CALEN, J'IRAI BIEN.

N'OUBLIE PAS.
TON RÔLE EST DE GUIDER LES ÂMES LÀ OÙ ELLES DOIVENT ALLER.
TU ES UN SHINIGAMI, APRÈS TOUT.
HAN
DONC...
... TOUT IRA BIEN POUR MOI.
TANT QUE TU CONTINUES À M'AIMER...
... MON CŒUR RESTERA À TES CÔTÉS.

[episode] 9
QU'AVEZ-VOUS L'INTENTION DE FAIRE...
... M. L'INSPECTEUR ?
HMM ?
QUOI, J'AI ENCORE FAIT UNE BOULETTE ?
LES GARDIENS DE LA PORTE N'ARRÊTENT PAS DE SE PLAINDRE DE VOUS.
PLIC

VOUS AVEZ PARLÉ AU SHINIGAMI.
FRSH
Épate-moi, Shinigami !
POURQUOI CHERCHEZ-VOUS TANT À L'AIDER ? J'AIMERAIS CONNAÎTRE LA VÉRITÉ.
Prouve-moi tout l'amour que tu lui portes !
AH... ÇA...
VOUS NE POUVEZ PAS CHOISIR DE SAUVER UNE ÂME EN VOUS BASANT UNIQUEMENT SUR VOS SENTIMENTS PERSONNELS.
POURQUOI...
C'EST MAL ?
C'EST SCANDALEUX !
LAISSE-MOI TE POSER UNE QUESTION.
CROIS-TU QUE NOTRE SUPÉRIEUR DONNE SON AMOUR ÉQUITABLEMENT À CHAQUE INDIVIDU ?
HEIN ?
.....
ÉVIDEMMENT !
C'EST CE QU'IL FAIT, OUI.
HAHAHAHAHA
HAHAHAHA
TU AS HÉSITÉ, L'ESPACE DE QUELQUES SECONDES !
STAP
DANS CE CAS...

POURQUOI Y A-T-IL DES RÉGIONS FERTILES SUR TERRE, TANDIS QUE D'AUTRES SONT ARIDES ?
POURQUOI Y A-T-IL DES CRÉATURES TRÈS FORTES, ET D'AUTRES TRÈS FAIBLES ?
POURQUOI, MALGRÉ TOUT LE TEMPS QUI PASSE, LES HOMMES N'ARRIVENT-ILS PAS À SE DÉBARRASSER DE LA JALOUSIE ET DE LA HAINE ?
EH BIEN...
NE SERAIT-CE PAS CAR NOTRE PATRON, LE GRAND CRÉATEUR, A LUI AUSSI SES FAVORIS ?
JE PRÉFÈRE NE PAS ENTRER DANS CE DÉBAT.
FSHH
NOUS PARLIONS DU SHINIGAMI.
MÊME S'IL TRAVAILLE À PRÉSENT AU NOM DE DIEU, IL N'EN RESTE PAS MOINS UN PÉCHEUR.

JE CROYAIS QUE TU N'ÉTAIS PAS D'ACCORD, QUAND JE DISAIS QUE LE BOSS AVAIT SES FAVORIS ?
QUOI ?!
OH LÀ LÀ...
NOUS AUTRES, ANGES, SOMMES ICI POUR MAINTENIR L'ORDRE DANS LES LIMBES. QUAND UN SHINIGAMI COMMENCE À SE PRENDRE POUR L'ÉGAL DE DIEU, NOUS NE POUVONS FERMER LES YEUX.
SA TÂCHE PRINCIPALE, NON... SON UNIQUE TÂCHE, EST DE LAVER SES FAUTES.
ZWOUSH
JE COMPRENDS, ÇA POURRAIT SEMBLER LOGIQUE POUR QU'UN PÉCHEUR SE REFASSE UNE PLACE AU SEIN DE LA SOCIÉTÉ.
EST-CE QUE ÇA VEUT DIRE QU'IL FAUT FAIRE PASSER DES TAS DE PERSONNES LAMBDAS AVANT CELLE QU'ON AIME ?
DIS-MOI...
QU'EST-CE QUE LA RÉDEMPTION, EXACTEMENT ?
MAIS CET HOMME A PRIS TELLEMENT DE VIES.
Je comprends.
PEUT-ÊTRE, OUI.
FRSH
... CETTE FAÇON DE PENSER EST BIEN TROP HUMAINE.
MAIS...
Et nous sommes des anges, non ?

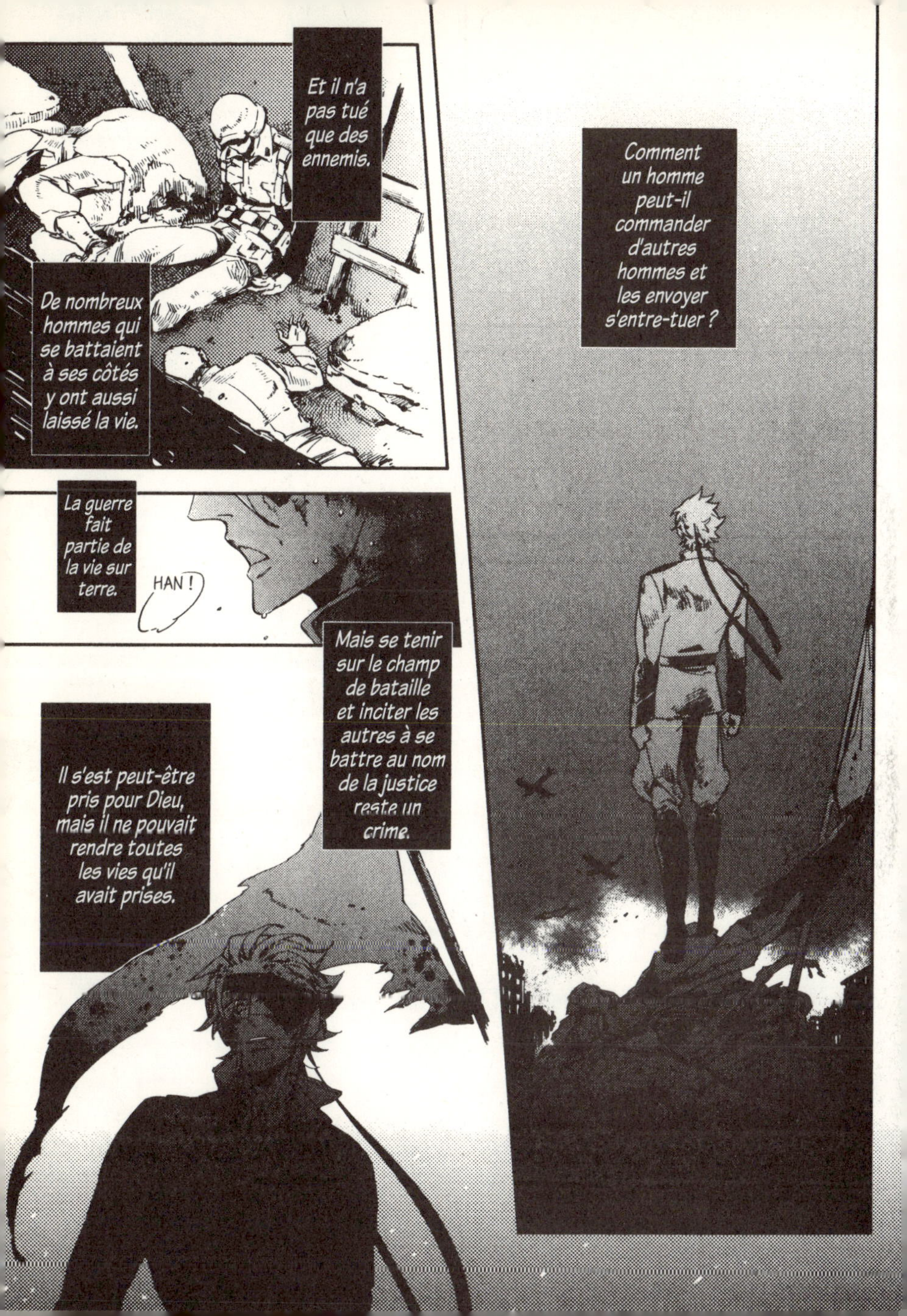
Et il n'a pas tué que des ennemis.
De nombreux hommes qui se battaient à ses côtés y ont aussi laissé la vie.
La guerre fait partie de la vie sur terre.
HAN !
Mais se tenir sur le champ de bataille et inciter les autres à se battre au nom de la justice reste un crime.
Il s'est peut-être pris pour Dieu, mais il ne pouvait rendre toutes les vies qu'il avait prises.
Comment un homme peut-il commander d'autres hommes et les envoyer s'entre-tuer ?

VOILÀ POURQUOI...
... IL DOIT SE CONSACRER CORPS ET ÂME À PROTÉGER LES HABITANTS DES LIMBES ET À RENVOYER LE PLUS DE MONDE SUR TERRE.
C'EST POUR LUI LE SEUL MOYEN D'EXPIER SES FAUTES.
PFF...
HMPF
MERCI POUR CETTE RÉPONSE ON NE PEUT PLUS PRÉCISE.
TU AS ÉTÉ À BONNE ÉCOLE, TOI, EN TOUT CAS...
PAAAH
JE M'ATTENDAIS QUAND MÊME À CE QUE TU RAISONNES UN PEU PLUS PAR TOI-MÊME.
VOUS, VOUS RAISONNEZ BEAUCOUP TROP PAR VOUS-MÊME !
BWOOOOO

TAP
TAP
TAP
ENFIN BON, JE SUPPOSE QUE CE SHINIGAMI RÉFLÉCHIT UN PEU COMME TOI.
POURQUOI AVOIR CHERCHÉ À L'EMBROUILLER, ALORS ?
EN PLUS, IL N'EXISTE AUCUN MOYEN POUR LUI DE SAUVER CE PANTIN DE BOUE.
C'EST CE QUE NOUS VERRONS.
TU AS UNE VISION DU MONDE BEAUCOUP TROP ÉTROITE.
AH BON...

LE GOÛT A BIEN IMPRÉGNÉ, C'EST DÉLICIEUX !
OUAAAH
NORMAL, ON ÉTAIT CENSÉS MANGER ÇA HIER.
JE ME SENS ENFIN RÉCONFORTÉ.
JE N'AI PRATIQUEMENT RIEN AVALÉ DEPUIS HIER.
MÊME AUX PORTES DE LA MORT, JE NE POUVAIS DÉCEMMENT PAS MOURIR SANS AVOIR MANGÉ UNE DERNIÈRE FOIS TON RAGOÛT !
.....
Ce n'est pas drôle...
CALEN...
NE SOIS PAS TRISTE.

FRSH
すり..
JE PERDS CONNAISSANCE, COMME SI MES BATTERIES ÉTAIENT À PLAT. PUIS ÇA REVIENT TOUT SEUL.
MON CORPS EST EN TRAIN DE MOURIR À PETIT FEU, C'EST UN FAIT.
MAIS JE NE SOUFFRE PAS.
ÇA VA SIMPLEMENT CONTINUER JUSQU'À CE QUE JE NE ME RÉVEILLE PLUS.
JE ME SUIS UN PEU HABITUÉ, APRÈS LA 2E FOIS.
HÉHÉ
......
MAIS JE NE POURRAI BIENTÔT PLUS LES AIDER.
IL SUFFIT DE LES LÂCHER DU REGARD QUELQUES MINUTES ET ILS FONT N'IMPORTE QUOI.
ILS SONT TOUS TRÈS APPLIQUÉS, MAIS COMPLÈTEMENT NULS POUR LES RAPPORTS ET L'ARCHIVAGE.
AU FAIT ! IL RESTE ENCORE TOUS CES DOCUMENTS QUE JE N'AI PAS EU LE TEMPS DE CLASSER.
!?
SBOM

TU ES TRÈS FORT.
QUI, MOI ?
NON, JE SUIS UN VRAI PLEURNICHARD.
JE RESTE CONCENTRÉ SUR CE QUE J'AI SOUS LES YEUX POUR ÉVITER DE PENSER À DES CHOSES INUTILES.
JE SUIS LOIN D'ÊTRE FORT.
.....
ON DIT QUE JE SUIS BIZARRE, PARFOIS, ÇA OUI.
Même si je ne comprends pas très bien.
HAHAHA !
HEIN ?!
Ça te fait rire ?!
TU PEUX M'EXPLIQUER ?
NON.
JE NE COMPRENDS PAS TRÈS BIEN NON PLUS.
CRII

MAIS QUAND TU M'AS DIT ÊTRE FOU AMOUREUX DE MOI DEUX JOURS APRÈS NOTRE RENCONTRE, JE ME SUIS DIT QUE TU ÉTAIS UN GARÇON ÉTRANGE.
HEIN ?!
MAIS...
Tu as fini de manger ?
C'EST VRAI QUE JE...
MAIS...
DANS CE CAS, POURQUOI AS-TU...
......
C'EST PARCE QUE JE SUIS BIZARRE ?
MAKOTO ?
C'EST PARCE QUE JE SUIS BIZARRE...
... QUE TU AS ACCEPTÉ MES SENTIMENTS ?
PARCE QUE JE NE SUIS PAS COMME LES AUTRES ?
TU NE M'AS PAS REPOUSSÉ PARCE QUE TU AS EU PITIÉ DE MOI ?
HAN...
HAN...
PLIC
JE SUIS TOUJOURS COMME ÇA.

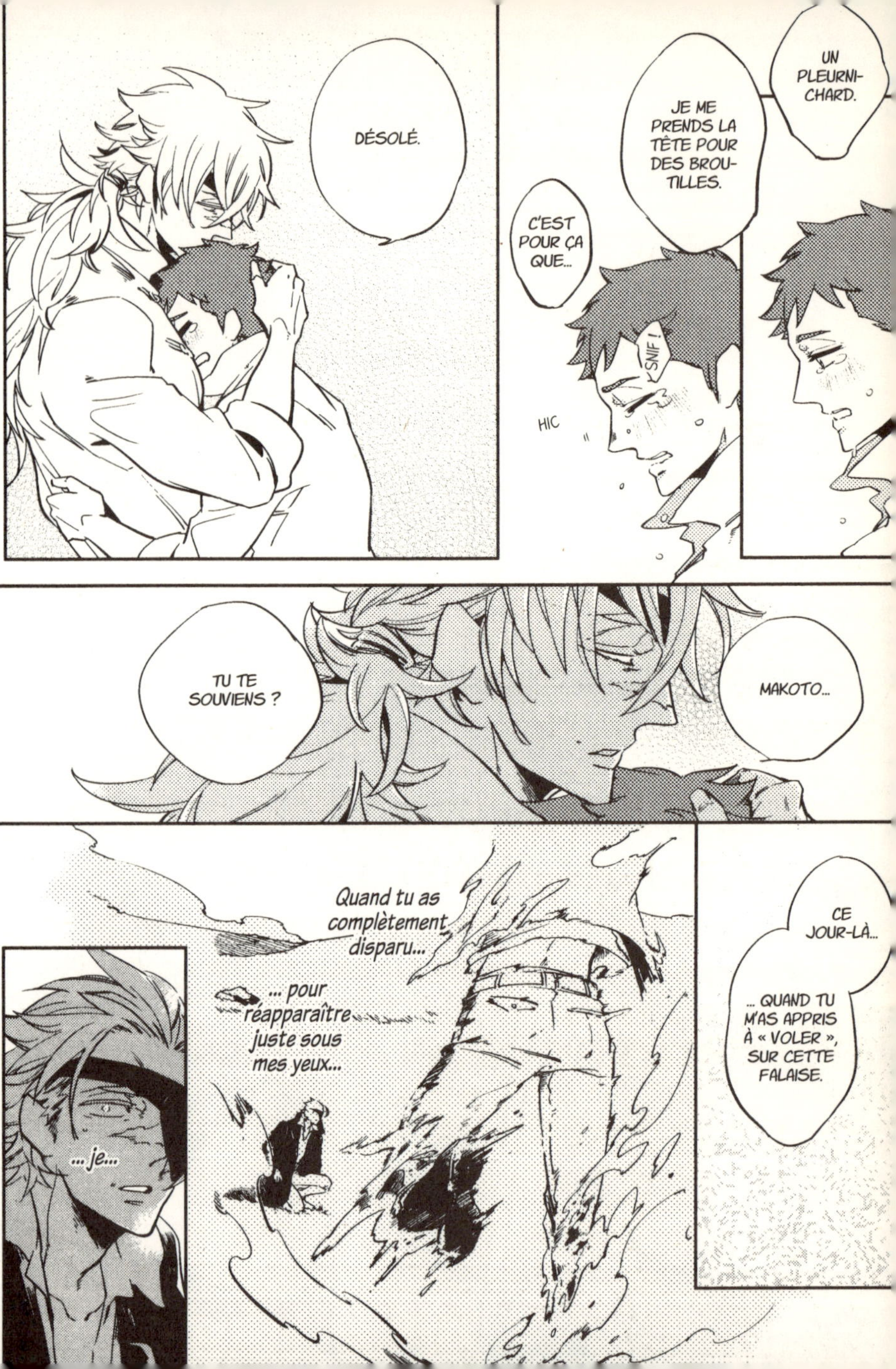
UN PLEURNI-CHARD.
JE ME PRENDS LA TÊTE POUR DES BROUTILLES.
C'EST POUR ÇA QUE...
SNIF !
HIC
DÉSOLÉ.
MAKOTO...
TU TE SOUVIENS ?
CE JOUR-LÀ...
... QUAND TU M'AS APPRIS À « VOLER », SUR CETTE FALAISE.
Quand tu as complètement disparu...
... pour réapparaître juste sous mes yeux...
...je...

J'ai pensé que tu étais un ange, un vrai.
MAIS…
… JE NE M'ÉTAIS PAS TROMPÉ.
PAT !
AVANT D'ARRIVER ICI, JE NE CROYAIS PROBABLEMENT PAS EN DIEU.
ET ENCORE MAINTENANT, IL Y A UN TAS DE CHOSES QUE JE NE COMPRENDS PAS.
CALEN… ?

FSHUUUU
VROOOSH
VROSH
MAKOTO...
CALEN...
TU ES CELUI QUI ME GUIDE.
PARTONS...
ALLONS « AU BOUT DU MONDE ».

J'AI LONGUEMENT RÉFLÉCHI...
... À CE QUE SERAIT MA RÉDEMPTION.
WHOOSH
C'EST EN APPRENANT LA JOIE D'AIMER ET LA TRISTESSE DE PERDRE QUELQU'UN...
... QUE J'AI COMPRIS CE QU'AVAIENT DÛ RESSENTIR CEUX À QUI J'AI ARRACHÉ DES ÊTRES CHERS.
JE ME SUIS DEMANDÉ SI JE N'AVAIS PAS ÉTÉ ENVOYÉ DANS LES LIMBES POUR CONNAÎTRE CETTE DOULEUR À MON TOUR.
ET SI TEL EST LE CAS...
... CE QUI T'ARRIVE A BEAU ÊTRE ILLOGIQUE...
... JE N'AI D'AUTRE CHOIX QUE DE ME PLIER À CE DESTIN.
SI TU ES DÉJÀ PRÊT À PARTIR, LA SEULE CHOSE QUE JE PUISSE FAIRE EST DE T'ACCOMPAGNER DANS LA PAIX ET LA SÉRÉNITÉ.
C'EST CE QUE J'AI CRU, MAIS C'ÉTAIT STUPIDE.

LE RÔLE D'UN SHINIGAMI...
... EST DE GUIDER LES ÂMES LÀ OÙ ELLES DOIVENT ALLER.
C'EST CE QU'ON M'A APPRIS.
CALEN...
ET IL EST L'HEURE D'ACCOMPLIR MON DEVOIR.

MAKOTO...
IL EST HORS DE QUESTION QUE JE TE LAISSE DISPARAÎTRE.
VRWOOO
TON MORCEAU D'ÂME MANQUANT...
... TON CORPS HUMAIN, TON DROIT À LA RÉINCARNATION...
FROSH !
CRSH !
JE TE RENDRAI TOUT DE MES PROPRES MAINS !
GWOOOO
CRISH
.....!?
CRISH

DWOOOM
C'ÉTAIT QUOI, ÇA ?
UN DÉVOREUR ?
NON...
LES GRANDES-OREILLES NE RÉAGISSENT PAS.
CRSH
CRSH
VITE !
VENEZ VOIR ÇA !
CRSH
D'OÙ VIENT CETTE LUMIÈRE ?
Un incendie ?
ALLONS-Y !
IL FAUT QU'ON AILLE VÉRIFIER ÇA !
HÉHÉ !
IL A COMMENCÉ À AGIR.
ET COMME À SON HABITUDE...
... IL AIME FAIRE LES CHOSES EN GRAND.

CALEN, ARRÊTE...
ARRÊTE, JE T'EN PRIE !
WHOOOSH
FRWOOSH !
FROSH !
FSHUUUUU
IL T'EST INTERDIT D'UTILISER TES POUVOIRS SANS AUTORI-SATION !
JE...
HAN !
HAN !
HAN !
HAN !
HAN !
HAN !
JE NE...
BLOP !
BLOP !
LE SOL...
... EST EN TRAIN DE FONDRE ET DE BOUILLONNER.

TU N'AS NUL DROIT DE TOU-CHER LA PORTE...
... SHINI-GAMI !
IN-CONSCIENT !
!
N'OUBLIE PAS QUELLE EST TA PLACE.
ÇA, TON RÔLE DE SHINIGAMI ? NE ME FAIS PAS RIRE !
MALGRÉ TES BELLES PAROLES, TU N'ES QU'UN FOU SUBMERGÉ PAR SES PROPRES ÉMOTIONS.
BLOP !
BLOP !
FROSH'
STAP'
AURAIS-TU L'INTENTION DE COMMETTRE DE NOUVEAUX PÉCHÉS, ICI, DANS LES LIMBES ?
TU POURRAS DIRE TOUT CE QUE TU VOUDRAS...

... JE NE RECULERAI PAS !
!
TU PERDS LA TÊTE, SHINIGAMI !
SBRAOM
JE TE RAPPELLE QUE TU ES PRISONNIER DES LIMBES !
SHAAA
ESSAYE DE FAIRE LE MOINDRE PAS POUR SORTIR D'ICI...
... ET C'EST EN ENFER, QUE TU FINIRAS !
FSHUUUUUU
POUSSE-TOI.
HAN !
JE N'AI PAS LE TEMPS DE JOUER.
HAN !
IMBÉCILE !

GWOOOOO
......
GWOOO
QUOI ?
UN TREMBLEMENT DE TERRE ?!
!
BRAOOOM
ET TU Y RESTERAS JUSQU'À CE QUE JE TROUVE UN TRAITEMENT APPROPRIÉ À LA VERMINE QUE TU ES !
GWOOOO
CROSH
GNH
CROSH !
CALEN !
KIIH !
KIIH !

!!
DASH
POIRE !
POIRE ! N'Y VA PAS !
HAN !
HAN !
KIIIH !
GSH
GSH
TU ES FOU ?!
!!
ZWOUSH
UH...
GSH
SHTAK
GNH !
KIH !
KIH !
ARR... ARRÊTEZ ÇA !
HAN !
GRAOOM
CALEN !!

.....
CALEN...
HAN
HAN
AH !
OUAAAAH !
CALEN !
POIRE !!
ATTENDEZ, JE...
HAN !
JE VAIS TOUT DE SUITE VOUS FAIRE SORTIR DE LÀ !
HAN !

TU M'ENTENDS, CALEN ?!
POIRE !
RÉPONDEZ-MOI !!
FSHHH
UUGH...
GSH
GNH !
AÏE...
FRSH
GROOSH
POURQUOI... ?
CE TRUC S'ENFONCE ?!
SHRRR
SHRRR
GNNNH !
SHRRR
HAA
CALEN !
CA...
.....
HAN !
FROSH

ズ ズ
SHRRR
ズ
ズ
ズ SHRRR
ズ
KIIIH !
KIH KIIH !
KYUUH !
KYUH KYUH !
KIIH !

....?
OÙ SUIS-JE ?
AH, C'EST VRAI.
JE SUIS ENFERMÉ DANS CETTE ESPÈCE DE GROS MONSTRE.
JE NE VOIS RIEN...
....
PAF
MAGNE-TOI D'OUVRIR LA BOUCHE !
PAF
JE VAIS TE ROUER DE COUPS JUSQU'À CE QUE TU L'OUVRES !
KIIH
!?
OUAH !
C'EST TOI, POIRE ?!
KIH KYUUH !
KYUUH !
SLURP SLURP
!?

GNAP
!
IL A OUVERT LA BOUCHE...
MAKO-TO...
TU VAS BIEN, MAKOTO ?!
POURQUOI IL FAIT AUSSI SOMBRE ?
ON NE VOIT MÊME PAS LA LUNE...
PSHOOO
QUEL EST...
... CET ENDROIT ?

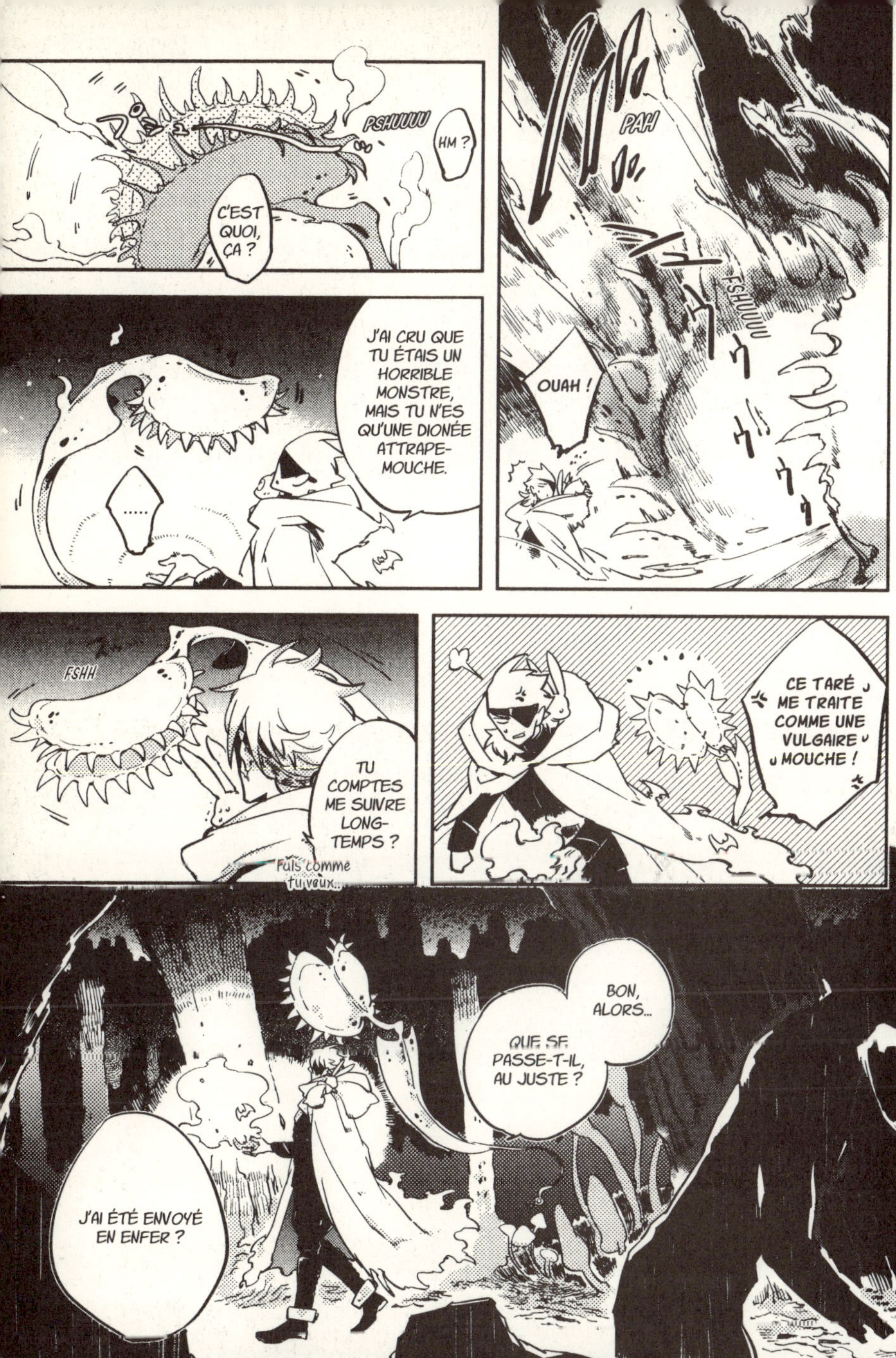
PAH
FSHUUUU
OUAH !
PSHUUUU
HM ?
C'EST QUOI, ÇA ?
......
J'AI CRU QUE TU ÉTAIS UN HORRIBLE MONSTRE, MAIS TU N'ES QU'UNE DIONÉE ATTRAPE-MOUCHE.
CE TARÉ ME TRAITE COMME UNE VULGAIRE MOUCHE !
FSHH
TU COMPTES ME SUIVRE LONGTEMPS ?
Fais comme tu veux...
BON, ALORS...
QUE SE PASSE-T-IL, AU JUSTE ?
J'AI ÉTÉ ENVOYÉ EN ENFER ?

QU'EST-IL ARRIVÉ À MAKOTO ?
Quitte à finir comme ça, j'aurais mieux fait de rester à ses côtés pour ses derniers instants.
Au moins, j'aurais pu pleurer avec lui et sécher ses larmes.
Mon comportement sur terre m'a envoyé dans les Limbes...
... et voilà que je me fais aussi jeter des Limbes, maintenant.
JE SUIS IRRÉCUPÉRABLE.
L'ATTRAPE-MOU... EUH, ENFIN, LA DIONÉE !
DIS, TOI !

......
TU ES LÀ POUR ME GUIDER JUSQU'EN ENFER ?
QUAND TU AURAS ACCOMPLI TA TÂCHE, TU POURRAIS RAMENER POIRE DANS LES LIMBES ?
QUOI ?
?
FRSH !
FRSH !
!?
HOP !
TU ES... LE SHIKIGAMI ?!
TU ARRIVES ENCORE À BOUGER, SANS SEISHIN ?
HOCHE
?
TU VEUX ME MONTRER QUELQUE CHOSE, DE L'AUTRE CÔTÉ ?
NE ME DITES PAS QUE...

SI...
JE NE VOIS QUE ÇA.
Nous ne sommes pas en enfer.
Cet endroit est...
!
.....
MAKOTO !

[episode] 10
JE L'AI TROUVÉ...
GOLEM !
C'EST QUOI, ÇA ?!
TIENS BON !
TU M'EN-TENDS ?!
SES DOIGTS...
IL EST EN VIE ?
C'EST FAIBLE, MAIS JE SENS SON POULS.
STAP
PAR CONTRE...

GOLEM !
KHOF !
KHOF !
KHOF !
HAN...
CRISH !
HAN !
HAN...
SON CORPS SE FISSURE...
ET LE SHINIGAMI ?
OÙ EST-IL ?!
HAN...
OROCHI...
GOLEM...
FWOOOOOOOSH
QUE S'EST-IL PASSÉ ?
OÙ EST LE SHINIGAMI ?
!
KYUUH ! KIH KIIIH ! KYUH !
TAP
KIIH !
KIIIH !

NON...
ILS N'AURAIENT QUAND MÊME PAS SENTI LA DISPARITION DU SHINIGAMI ?!
FSHHH
C'EST PAS VRAI...
DES DÉVOREURS !
ILS VIENNENT NOUS RÉGLER NOTRE COMPTE AVANT D'ATTAQUER LA VILLE !
HAN !
HAN !
HAN !
......
HAN !
HAN !
MAIS POURQUOI DANS UN ENDROIT AUSSI DÉSERT ?
ZWOOOM
ILS ARRIVENT !

OH LÀ LÀ...
ET PENDANT QUE M. LE SHINIGAMI N'EST PAS LÀ, EN PLUS. QUELLE GALÈRE.
TOUT ÇA À CAUSE DE TON PETIT ACCÈS DE COLÈRE !
ARRÊTEZ DE TOUJOURS ME BLÂMER POUR TOUT.
SI JE N'ÉTAIS PAS INTERVENU, LE SHINIGAMI SE SERAIT ÉVADÉ DES LIMBES PAR SES PROPRES MOYENS !
ET SI UNE CHOSE PAREILLE ÉTAIT ARRIVÉE, JE VOUS SIGNALE QU'EN TANT QU'INSPECTEUR, VOUS AURIEZ EU DE PLUS GROS PROBLÈMES QUE MOI ! VOUS AVEZ LA MÉMOIRE COURTE, IL ME SEMBLE !
GRR
GRR
GRR
GRR
DU CALME, JE PLAISANTAIS !
J'AI DE LA CHANCE D'AVOIR UN SUBORDONNÉ AUSSI ATTENTIF QUE TOI !
ENFIN BREF ! NOUS DEVRIONS RAPPELER LE SHINIGAMI SANS TARDER.
PFFF
...
TU PEUX FAIRE ÇA ?
J'AI DISCRÈTEMENT ENVOYÉ MON FRÈRE AVEC LUI, JE SAIS DONC EXACTEMENT OÙ IL SE TROUVE.
VRAIMENT BRILLANT !

SI LE SHINIGAMI EST DANS L'IMPOSSIBILITÉ DE COMBATTRE, LES GARDIENS N'ONT D'AUTRE CHOIX QUE DE PRENDRE LES CHOSES EN MAINS.
C'EST VRAI, MAIS...
TU CROIS QU'ILS VONT TENIR LE COUP ?
AUCUNE IDÉE.
VOUS VOULEZ PARIER ?
TU ES PLUS AUDACIEUX QU'IL N'Y PARAÎT.
NOUS NE DEVRIONS PAS NOUS AMUSER DU DESTIN DES HUMAINS.
APRÈS TOUT...
HAN !
HAN !
HAN !
HAN !
... C'EST LE PRIVILÈGE DE NOTRE MAÎTRE.
CRISH !
CRISH !
CRISH !

ET ROCK, VOUS JOUEREZ LES APPÂTS.
WASP, TU LES PRENDS À REVERS.
ENCERCLER ET SE FRAYER UN CHEMIN POUR LES AVOIR !
EN L'ABSENCE DE SHINIGAMI, JE ME CHARGE DU CORPS PRINCIPAL.
JE DEVRAIS L'AVOIR, MAIS AU CAS OÙ, PRÉPAREZ-VOUS À VOUS REPLIER ET À ALERTER LES ANGES !
IL N'Y A QUE DES CHAMPS, EN DESSOUS. ON PEUT LES FAIRE S'ÉCRASER AU SOL ET LES EMPÊCHER DE BOUGER !
ENCORE 15 MINUTES...
NON...
FUUUH
FAITES QUE JE TIENNE ENCORE 10 PETITES MINUTES !
GO !!

MAKOTO... C'EST TOI ?
FOUAAAH
PAAH
!
SHIKI !
C'EST BIEN TOI, N'EST-CE PAS ?!
TU TE SOUVIENS DE MOI ?
Ça ne fait aucun doute.
CE GARÇON...

C'est la partie manquante de l'âme de Makoto.
Ses poignets sont si fins.
Il a l'air tellement jeune.
L'APPARENCE CHANGE PEUT-ÊTRE EN FONCTION DE LA TAILLE DU FRAGMENT D'ÂME ?
EUH...
EST-CE QUE VOUS ÊTES... MON PÈRE ?
Vous avez l'air différent...
Je suis quelqu'un d'autre.
DOOOM !
J'AURAIS DÛ ME PRÉSENTER, JE SUIS UN SHINIGAMI.
UN SHINIGAMI ?!!

JE... J'IGNORAIS QUE VOUS ÉTIEZ UN DIEU !
Pardonnez mon erreur !
WAAAAH
HAHA
ÇA NE FAIT RIEN.
Je n'ai pas le temps de t'expliquer tous les détails, de toute façon.
C'EST À CAUSE DE SHIKI.
SI JE ME SUIS TROMPÉ, C'EST PARCE QUE MON PÈRE A TOUJOURS AVEC LUI...
... DE DRÔLES DE...
... CRÉA-TURES...
SCRUTE
JE SAIS.
TU VEUX LE PRENDRE ?
AVEC PLAISIR !
OOH !
IL EST ENCORE TOUT CHAUD ! IL VIENT JUSTE DE MOURIR ?
!?

SON CŒUR BAT ENCORE.
SNIF
SNIF
SI QUELQU'UN POUVAIT LE RAMENER À LA VIE DE L'AUTRE CÔTÉ, IL NE DEVRAIT PAS RESTER MORT.
!
MAKOTO...
QUE SAIS-TU DE TA SITUATION ?
MOI ?
À 17 ans, j'ai été atteint par une grave maladie, très répandue
J'en suis mort l'été de mes 18 ans.
COMME JE M'EN DOUTAIS, JE NE PEUX RIEN TOUCHER.
ZWISH
AH !
MAIS AU FAIT !
PAPA...
C'EST L'AUTEL EN MON HONNEUR...

Mon père était un grand médecin, très réputé.
Il m'a pourtant semblé si misérable, à ce moment-là.
Mais il ne s'est pas contenté de se lamenter.
Il a essayé de me ramener à la vie.
La souffrance due à ma maladie m'avait fait renoncer à toute envie de vivre.
Mais mon père, lui, n'a jamais abandonné.

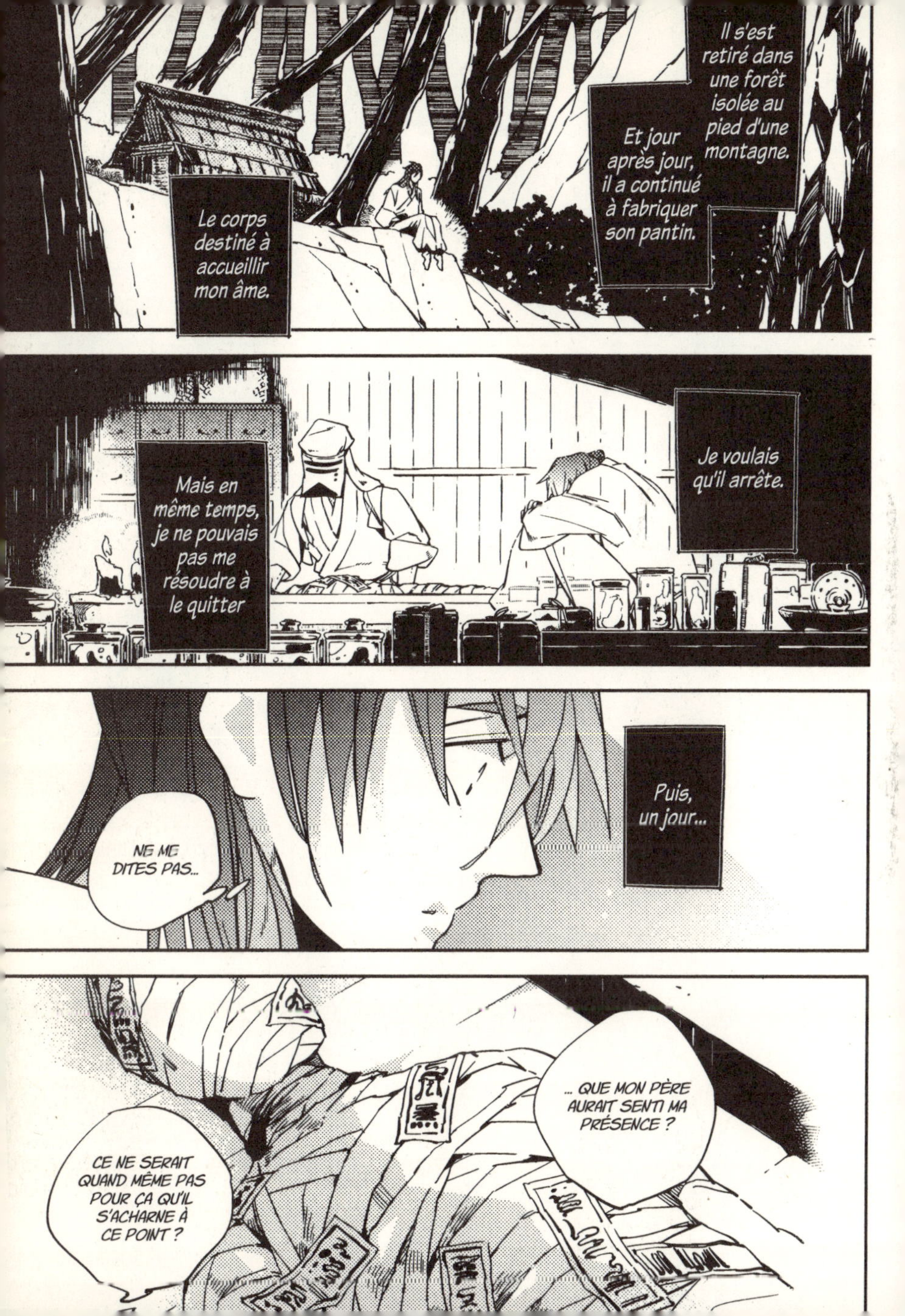
Il s'est retiré dans une forêt isolée au pied d'une montagne.
Et jour après jour, il a continué à fabriquer son pantin.
Le corps destiné à accueillir mon âme.
Je voulais qu'il arrête.
Mais en même temps, je ne pouvais pas me résoudre à le quitter
Puis, un jour...
NE ME DITES PAS...
... QUE MON PÈRE AURAIT SENTI MA PRÉSENCE ?
CE NE SERAIT QUAND MÊME PAS POUR ÇA QU'IL S'ACHARNE À CE POINT ?

C'ÉTAIT SÛREMENT LE CAS.
C'ÉTAIT MA FAUTE S'IL AVAIT PERDU LA TÊTE.
JE NE POUVAIS PAS RESTER LÀ.
JE DEVAIS PARTIR LE PLUS LOIN POSSIBLE DE MON PÈRE, ET VITE.
VITE...
TRÈS VITE...
ET AVANT MÊME DE M'EN RENDRE COMPTE, J'ÉTAIS ICI.
ÇA REMONTE À UN BON MOMENT, MAINTENANT.
OUI... JE COMPRENDS...
Il ne voulait pas abandonner son père...
... mais savait qu'il devait s'éloigner.
Voilà le conflit qui le rongeait.
MAKOTO...

Voilà ce qui l'a déchiré.
TU AS DÛ TE SENTIR SEUL, TOUT CE TEMPS.
SI SHIKI EST ICI, JE SUP-POSE...
... QUE MON PÈRE N'EST PLUS EN VIE, N'EST-CE PAS ?
EN EFFET.
JE PEUX LE VOIR ?
C'EST MALHEU-REUSEMENT IMPOSSIBLE.
TON PÈRE A ÉTÉ RÉINCARNÉ, IL Y A PEU.

IL VA POUVOIR COMMENCER UNE TOUTE NOUVELLE VIE.
.....
JE SUIS CONTENT !
VRAIMENT CONTENT...
PAAH
!!
MAKOTO...
JE N'AI PLUS AUCUN REGRET À PRÉSENT
AT-TENDS...
JE T'EN PRIE, AT-TENDS !
FSHHH
HEIN ? QU'EST-CE QUE C'EST QUE ÇA ?
GRAAAH
?
OH...
BIEN JOUÉ... ASSISTANTE ?

MAKOTO…
TU N'ES PAS ENCORE MORT.
TU ES BEL ET BIEN VIVANT.
TON PÈRE A RÉUSSI À TE RAMENER.
MAIS TU VAS BIENTÔT DISPARAÎTRE.
JE T'EN PRIE…
VIENS AVEC MOI !
TU ES LE SEUL À POUVOIR TE SAUVER.
TU ES…
SALUT, SHINIGAMI !
… MON…
ALORS, TU AS TROUVÉ CE QUE TU CHERCHAIS ?

OH ! C'EST TOI, LA PARTIE MANQUANTE DE GOLEM ?
C'EST LA PREMIÈRE FOIS QUE JE METS LES PIEDS ICI !
HMM ? ALORS C'EST À ÇA QUE ÇA RESSEMBLE ?
ZWOSH
COMMENT AS-TU SU QUE CE GAMIN ÉTAIT GOLEM ?
FROSH !
FROSH !
ATTENTION À CE QUE TU FAIS, TU RISQUES ENCORE DE METTRE MON FRÈRE DE MAUVAISE HUMEUR.
HEIN ?
TON FRÈRE ?
OUI !
TU M'AS SUIVI JUSQU'ICI ?
ARRÊTE, T'ES FLIPPANT.

C'EST LUI QUI T'A ENVOYÉ ICI.
MOI, D'HABITUDE, JE VENDS DU TABAC.
DU TABAC ?
Tiens, tiens !
!
SUR LE MARCHÉ, C'EST ÇA ?!
ÇA ME REVIENT !
u es le uveau hini-ami, st-ce as ?
APPROCHE, SARIEL !
SARIEL ?
HOP
TU T'ES BIEN AMUSÉE, AVEC LE SHINIGAMI ?
HM ?
OH, TANT MIEUX !
SUIVEZ-MOI.
BON !
J'AI UN TAS DE QUES TIONS À VOUS POSER, MAIS NOUS N'AVONS PAS LE TEMPS.
BWAAH

WAOUH !
GWOOO
CRISH !
CRISH !
FSHHH
LA DIONÉE ATTRAPE-MOUCHE S'EST CHANGÉE EN OISEAU !
Incroyable !!
C'EST PEUT-ÊTRE PARCE QUE LA PLUS GRANDE PARTIE DE SON ÂME EST DANS LES LIMBES, MAIS EN TOUT CAS...
... IL A L'AIR EN PLEINE FORME !
EN GÉNÉRAL, LES ÂMES N'ARRIVENT PAS À GARDER UNE FORME HUMAINE, ICI.
QUEL EST CET ENDROIT ?
QUI SAIT...
NOUS NE SOMMES NULLE PART.

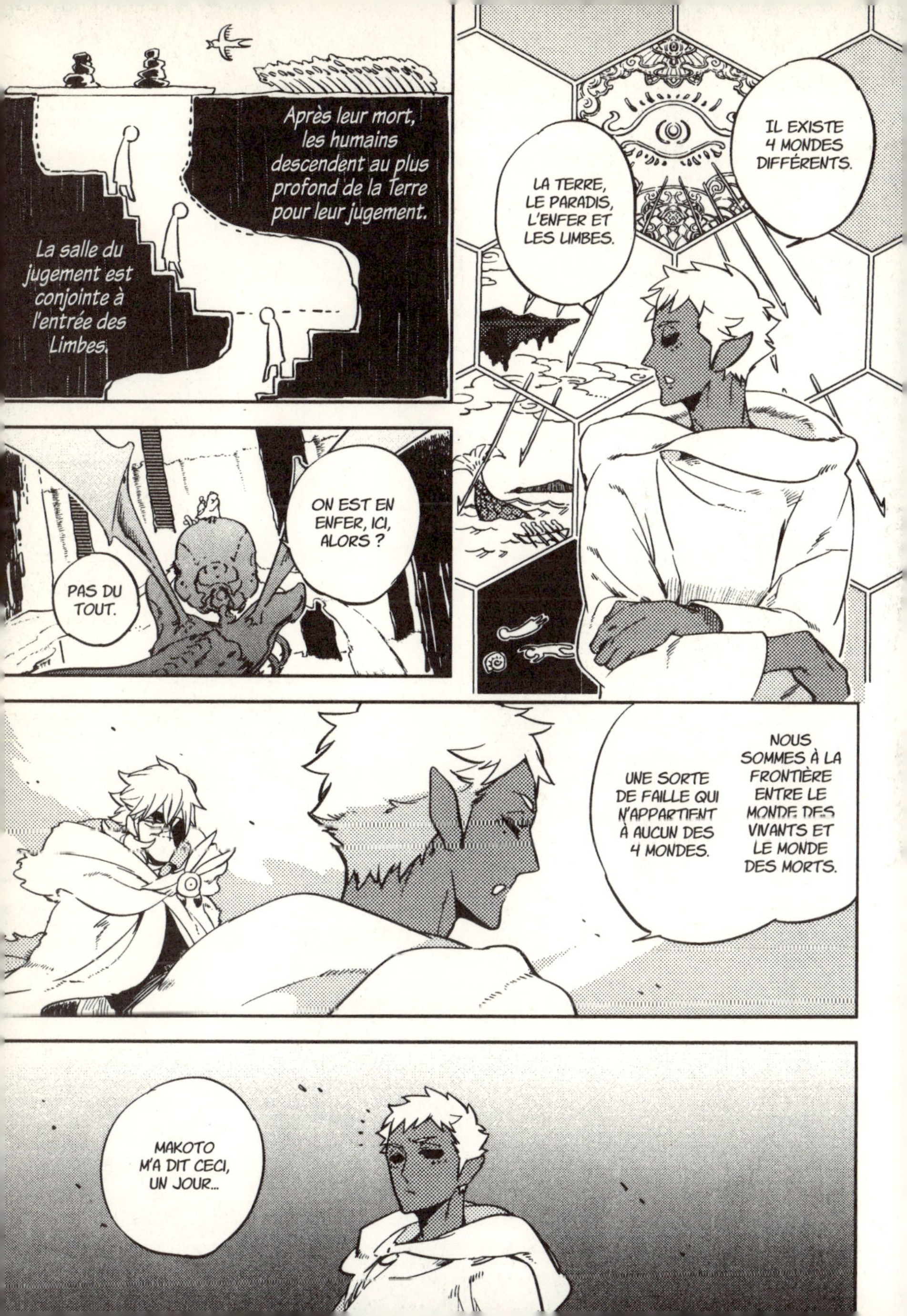
IL EXISTE 4 MONDES DIFFÉRENTS.
LA TERRE, LE PARADIS, L'ENFER ET LES LIMBES.
Après leur mort, les humains descendent au plus profond de la Terre pour leur jugement.
La salle du jugement est conjointe à l'entrée des Limbes.
ON EST EN ENFER, ICI, ALORS ?
PAS DU TOUT.
NOUS SOMMES À LA FRONTIÈRE ENTRE LE MONDE DES VIVANTS ET LE MONDE DES MORTS.
UNE SORTE DE FAILLE QUI N'APPARTIENT À AUCUN DES 4 MONDES.
MAKOTO M'A DIT CECI, UN JOUR...

LES ÂMES DONT LA SITUATION ÉTAIT TRÈS DIFFICILE DE LEUR VIVANT SONT COMPLÈTEMENT ÉPUISÉES.
CERTAINES N'ARRIVENT PAS JUSQU'À LA SALLE DU JUGEMENT ET SE PERDENT DANS LES PROFONDEURS DE LA TERRE.
LES PROFONDEURS DE LA TERRE ?
IL DEVAIT PRÉCISÉMENT PARLER DE CE PASSAGE.
?
WAOUH !
FSHHHHH
REGARDEZ !
C'EST ICI QU'ARRIVENT LES ÂMES QUI SE SONT ÉGARÉES EN CHEMIN.

CRIIISH
!
FROOSH
QUE FAIS-TU ?!
JE ME DÉBARRASSE DE LA VERMINE.
ELLES ONT UN SACRÉ FLAIR.
ELLES PENSENT QU'EN RESTANT AVEC NOUS, ELLES POURRONT SORTIR D'ICI.
MAIS...
N'Y A-T-IL AUCUN MOYEN DE LES SAUVER ?
TU N'AS PAS L'AIR DE COMPRENDRE.
IL EST HORS DE QUESTION QUE JE RAMÈNE AVEC MOI DES ÂMES QUI N'ONT PAS ÉTÉ JUGÉES.
SANS COMPTER QUE RAMENER DES ÂMES USÉES AU POINT DE NE PAS AVOIR ATTEINT LA SALLE DE JUGEMENT NE SERAIT D'AUCUNE UTILITÉ.

VOUS AVEZ ATTERRI DANS LES LIMBES APRÈS AVOIR ÉTÉ JUGÉS.
EN D'AUTRES TERMES, VOUS ÊTES SOUS NOTRE CONTRÔLE.
ET C'EST UNIQUEMENT PARCE QUE VOUS HABITEZ LES LIMBES QUE NOUS NOUS SOUCIONS DE VOUS.
VOUS DEVRIEZ REMERCIER LE CIEL D'ÊTRE SOUS SA PROTECTION.
VOUS N'AVEZ PAS LE TEMPS DE VOUS API-TOYER SUR LE SORT DE CES PAUVRES ÂMES QUI S'AMASSENT ICI.
TU NOUS DEMANDES D'ABAN-DONNER LES PLUS FAIBLES ?
CES MOTS NE SONT PAS DIGNES D'UN SERVITEUR DE DIEU.
HA !
MAIS C'EST DIEU LUI-MÊME QUI A ÉTABLI CET ORDRE, MON CHER SHINIGAMI !

TU CROIS VRAIMENT...
... QUE DIEU EST SI MISÉRICORDIEUX ET QUE NOTRE RÔLE À NOUS, LES ANGES, EST DE VOUS MÉNAGER, DANS NOTRE GRANDE BONTÉ ?
JE NE VOUS COMPRENDS PAS, VOUS, LES ANGES.
JE N'ATTENDS DONC RIEN DE VOUS NON PLUS.
MAIS LAISSE-MOI TE POSER UNE QUESTION...
!
SI VOUS N'ÉPROUVEZ NI MISÉRICORDE NI BONTÉ, OÙ SE TROUVE VOTRE JUSTICE ?!
SUR QUOI VOUS BASEZ-VOUS POUR JUGER LES GENS ?!
SUR QUOI JUGEZ-VOUS NOTRE SOI-DISANT RÉDEMPTION ?!
HM !
EUH...
AH...
AH !

ZWOOOM
OUAH ?!
C'EST QUOI CE TRUC ?!
JE CROIS…
… QUE C'EST L'ENSEMBLE DES ÂMES DE CES LIEUX !
BIEN VU !
Ouille…
HOP LÀ…
GRAAAH
CRSH
FRSH
ELLES ONT COMPRIS QU'ELLES NE FERAIENT PAS LE POIDS SÉPARÉ-MENT, ELLES VIENNENT EN BLOC !
CRISH !
CRISH !

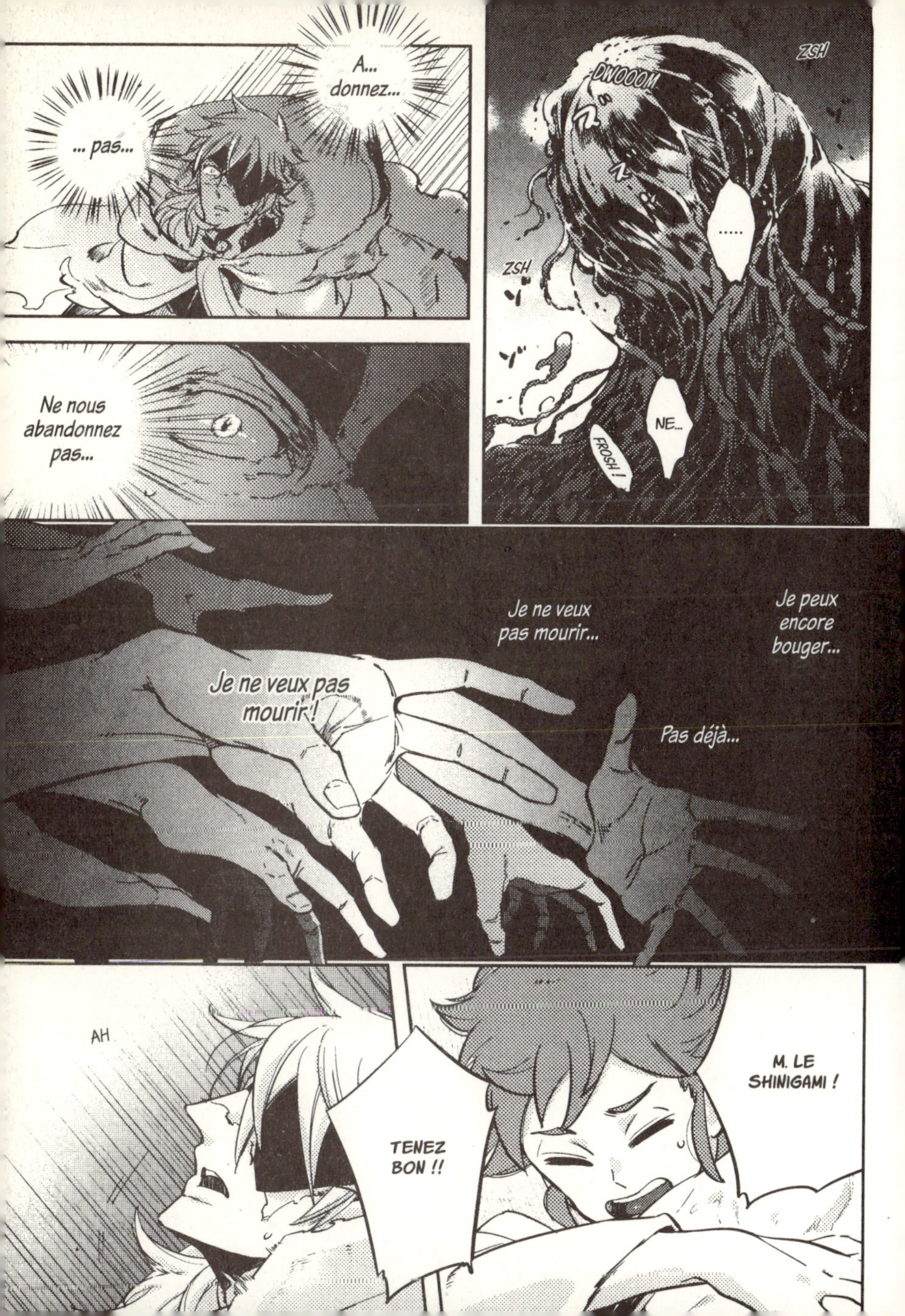
ZSH
DWOOOM
.....
ZSH
NE...
FROSH !
A... donnez...
... pas...
Ne nous abandonnez pas...
Je peux encore bouger...
Je ne veux pas mourir...
Pas déjà...
Je ne veux pas mourir !
M. LE SHINIGAMI !
TENEZ BON !!
AH

C'EST...
LA POISSE !
ELLES NE VONT PAS NOUS LAISSER PARTIR SI FACILEMENT !
TOUTES LEURS PENSÉES NÉGATIVES SE SONT UNIES ET SOLIDIFIÉES POUR FORMER CE MONSTRE.
INUTILE D'ESSAYER DE LES RAISONNER, IL EST TROP TARD.
CRISH ! CRISH ! CRISH !
SI ON NE FAIT PAS ATTENTION, CES ÂMES VONT NOUS DÉVORER !
......
?
ENFIN !
SI TU PENSES ACCOMPLIR TA SOI-DISANT RÉDEMPTION EN LEUR SERVANT DE PÂTÉE, LIBRE À TOI, JE NE TE RETIENDRAI PAS !
MAIS...
JE NE PERMETTRAI JAMAIS UNE CHOSE PAREILLE !
ESPÈCE DE SOMBRE CRÉTIN !!
OUAH ?!
GRAND FRÈRE ?
......

ÇA FAIT UNE ÉTERNITÉ QUE JE T'APPELLE, POURQUOI TU NE RÉPONDAIS PAS ?!
J'ÉTAIS OCCUPÉ ! ♥
IMBÉCILE !
JE T'AVAIS POURTANT DEMANDÉ DE RENTRER DÈS QUE VOUS EN AURIEZ TERMINÉ, ICI !
OUI, JE SAIS !
MAIS ON A EU UN PETIT IMPRÉVU !
PIIIH
ZWOOOM
DES DÉVOREURS SONT APPARUS DANS LES LIMBES !
IL FAUT RAMENER LE SHINIGAMI AU PLUS VITE !
TU AS ENTENDU ?
À MOINS QUE TU PRÉFÈRES PERDRE TON TEMPS AVEC CES ÂMES PERDUES ?
FRSHH
......
SHRRR !
GRSH
PARDONNEZ-MOI.

……
……
……
FWUSH
ZWOO
ZWOO
ZWOO
FRSH !
TOUTES LES ÂMES S'EN VONT VERS LA LUMIÈRE...
BIEN JOUÉ.
C'EST JUSTE POUR GAGNER DU TEMPS.
ÇA NE LES RÉCONFORTERA PAS LONGTEMPS.
BON ALORS, ON Y VA ?

GWOOOO
REMONTONS DANS LES LIMBES !
ACCROCHEZ-VOUS BIEN, CE SERAIT DOMMAGE DE TOMBER !
M. LE SHINIGAMI...
OUI ? TU AS PEUR ?
.....
AGRIPPE-TOI À MO

FAIS-LE TOMBER !
À TOI, ROCK !
JE L'AI !
CRIIISH
SBROOM
VITE !
IL NE RESTE QUE LE CORPS PRINCIPAL !

MERDE !
WHOOSH
TAC !
TAC !
TIREZ !
LE COMBAT S'ÉTERNISE !
Vu l'état de tes doigts, tu ne pourras pas manier la faux !
Que fait-on, Golem ?
IL EST RAPIDE...
HAN...
On va l'empêcher de bouger. Toi, Golem, tu l'achèveras.
ENCORE UN PEU...
HAN !
HAN !
Si on ne peut se battre à distance, nous n'avons pas le choix, il faudra y aller à l'épée.
HAN !
GOLEM !
!!
On compte sur toi !
HAN
HAN
JE DOIS TENIR ENCORE UN PEU...

MAINTE-NANT ! VAS-Y !
TAC
DÉFONCE-LE !
PAAH
OUARGH !
ORDO !

UGH...
DOM
OUARGH !
FRSH
CRASH
GH...
HAAN !
HAAN !
HAAAN !
BAM
CRIIIISH

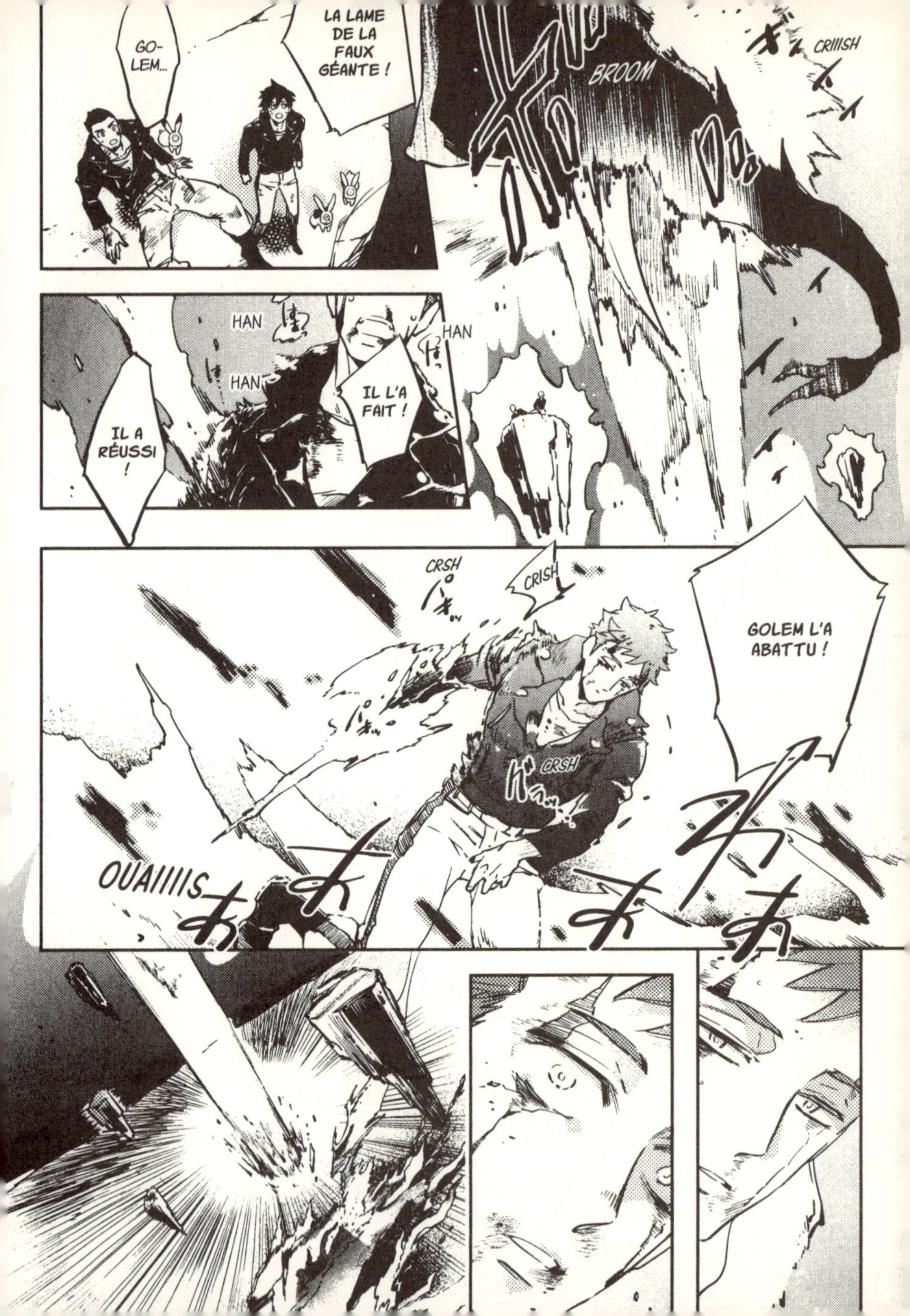
CRIIISH
BROOM
LA LAME DE LA FAUX GÉANTE !
GO-LEM...
HAN
HAN
HAN
IL L'A FAIT !
IL A RÉUSSI !
GOLEM L'A ABATTU !
CRISH
CRSH
CRSH
OUAIIIIS

MAKOTO !
GOLEM !
LE SHINIGA-MI !
LE SHINIGAMI EST DE RETOUR !
MAKOTO !
TU M'EN-TENDS ?!
CALEN...
JE...
HAN
CRISH !
HAN
.....

MAKOTO...
NE...
NE MEURS PAS, MAKOTO !
NE M'ABANDONNE PAS !
SNIF
UUH...
SNIF
SNIF
GOLEM...
C'EST L'AUTRE VIE...
... QUE PAPA M'A OFFERTE...
GRSH
J'ai vécu ici, avec toutes ces personnes.
J'ai été aimé.

JE TE REMERCIE.
MAKOTO ?
PAPA...
MERCI !

Deux semaines plus tard...
EN TOUT CAS, TU T'ES VRAIMENT TRÈS BIEN DÉBROUILLÉ ! ET TU T'ES DONNÉ DU MAL !
TU ÉTAIS PRÊT À COMMETTRE UN NOUVEAU PÉCHÉ, À DÉSOBÉIR AU CIEL ET À RENONCER À TA PROPRE VIE POUR CELUI QUE TU AIMES.
DÉCIDÉMENT, MÊME APRÈS DES MILLÉNAIRES, LES ÊTRES HUMAINS M'IMPRESSIONNENT TOUJOURS AUTANT.
ENTRE NOUS, LE GRAND PATRON A L'AIR COMBLÉ, LUI AUSSI !
HA HA HA
JE M'ATTENDAIS PLUTÔT À ÊTRE PUNI, POUR ÊTRE HONNÊTE
PUNI ? MAIS NON, VOYONS !
CELA DIT...
... TU VAS TOUT DE MÊME AVOIR UN PEU PLUS DE TRAVAIL.
TIENS !
ÇA TE MONTRE EN TRAIN DE RÉCUPÉRER LE FRAGMENT D'ÂME DE TON PETIT PROTÉGÉ.
C'EST MOCHE...
J'AI EU DROIT À DE LONGS RAPPORTS.

ENFIN BREF !
POUR COMMENCER, JE VOUDRAIS QUE TU AILLES MENER UNE PETITE ENQUÊTE SUR PLACE.
NOTRE RÔLE PRINCIPAL, DANS LES LIMBES, EST DE VEILLER AU BIEN-ÊTRE DES ÂMES. VOTRE PETITE AVENTURE NOUS A PERMIS DE SOULEVER UN PROBLÈME QUE NOUS AVIONS PLUS OU MOINS IGNORÉ JUSQU'À AUJOURD'HUI. À PRÉSENT, NOUS NE POUVONS PLUS FERMER LES YEUX.
APPAREMMENT, LES ÂMES SE BOUSCULENT, EN BAS. IL Y EN A BIEN PLUS QUE TOUT CE QU'ON AVAIT PU IMAGINER.
Tu devrais être habitué, à force.
Quoi, c'est notre faute, maintenant ?
Frérot
HEIN ?
OUI !
TU AS JUSTEMENT UN ANCIEN RÉSIDENT DES LIEUX AVEC TOI.
PAS VRAI ?
COMPTEZ SUR NOUS !
CONSIDÈRE CECI COMME TA RÉDEMPTION.
TU AS L'AIR EN PLEINE FORME, DIS DONC !
Tant mieux !
MAKOTO...

QU'EST-CE QUE C'EST, D'APRÈS TOI, LA RÉDEMPTION ?
BONNE QUESTION...
C'EST PEUT-ÊTRE JUSTEMENT PARCE QUE CE N'EST PAS CLAIREMENT DÉFINI QUE ÇA A DU SENS ?
POUR QUE LES GENS CONTINUENT À S'INTERROGER ET À ESSAYER DE L'ATTEINDRE.
NE T'EN FAIS PAS !
JE SERAI TOUJOURS À TES CÔTÉS !
JE PEUX Y RÉFLÉCHIR AVEC TOI !
OUI !
TANT QU'ON EST ENSEMBLE, TOUT IRA BIEN !

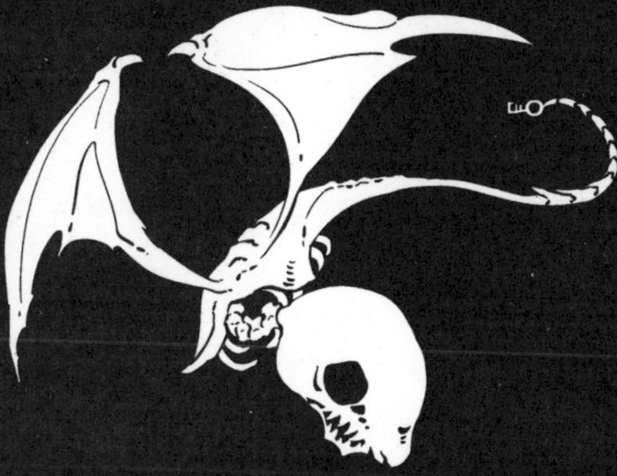

[Final episode]

VOUS ÊTES CERTAIN ?
TU N'ES PLUS UNE POUPÉE DE BOUE.
TU N'ES PLUS EMPRISONNÉ DANS LES LIMBES QUE POUR UNE SEULE RAISON, DÉSORMAIS.
POUR EXPIER LES PÉCHÉS QUE TU AS COMMIS EN TANT QUE MAKOTO ONODERA, DE TON VIVANT.
NOUS CRAIGNIONS QUE VOUS SÉPARER SOIT DANGEREUX POUR TOI, VOILÀ POURQUOI VOS DEUX ÂMES ÉTAIENT LIÉES.
MAIS MAINTENANT QUE SEISHIN A ÉTÉ RÉINCARNÉ ET QUE TU AS RÉCUPÉRÉ LE FRAGMENT MANQUANT DE TON ÂME...
LES PÉCHÉS QUE TU PORTAIS SUR TES ÉPAULES SE SONT BEAUCOUP ALLÉGÉS.

ET APRÈS UNE PÉRIODE DE REPOS, TU AURAS DROIT À TA RÉINCARNATION.
IL EST MÊME POSSIBLE QUE TU VIVES À LA MÊME ÉPOQUE QUE TON PÈRE.
SI TU LE DÉSIRES, NOUS POUVONS FAIRE EN SORTE QUE TU RETROUVES TES AMIS ET TA FAMILLE DANS TON ENTOURAGE, SUR TERRE.
JE VOUS REMERCIE.
MAIS...
BLINK
.....

MAKOTO...
CALEN...
TU GÉMISSAIS UN PEU, ÇA VA ?
ÇA VA, OUI.
JE RÊVAIS.
TU RÊVAIS ?
OUI...
JE VOYAIS UNE TONNE DE BONS PETITS PLATS DEVANT MOI MAIS JE NE POUVAIS PAS Y TOUCHER.
HÉHÉ !
HAHAHA !
JE TE PRÉPARE QUELQUE CHOSE ?
AH...

CALEN...
QU'Y A-T-IL ?
AH...
EUH...
POUR LE REPAS...
ÇA PEUT ATTENDRE...
DE QUOI AS-TU ENVIE, ALORS ?
VAS-Y, DIS-LE.
HEIN ?
BLUUUSH
EUH...
TROP CHOU !!

HAN
HAN
HAN
AH...
CALEN...
HAN
ANH...
PLISH
AAH... AH !
AAH...
SLURP
AH......
AH !
SLURP
AH !
AH !

HAN...
OUAH...
GSH
AH... AH !
AH !
PLUSH
PLUSH
PLIC !
AT... AT-TENDS...
HAN
JE VAIS JOUIR...
HAN
ET TU NE VEUX PAS ?
HAN...
AN...
AH...
HAN !
FRISSONNE
HAN !
CE...
C'EST PAS ÇA...
HAN !

S...
FRSH
S'IL TE PLAÎT...
C'EST AVEC...
HAN !
HAN !
HAN !
AVEC...
... ÇA...
BOBOM !
... QUE JE VEUX JOUIR...
JE, EUH...
BLINK
BLINK
ALORS ?
JE L'AI DIT... COMME IL FALLAIT ?
De quoi as-tu envie, alors ?
Vas-y, dis-le.
C'est arrivé en décalé !
Trop chou !!
CALEN ?!

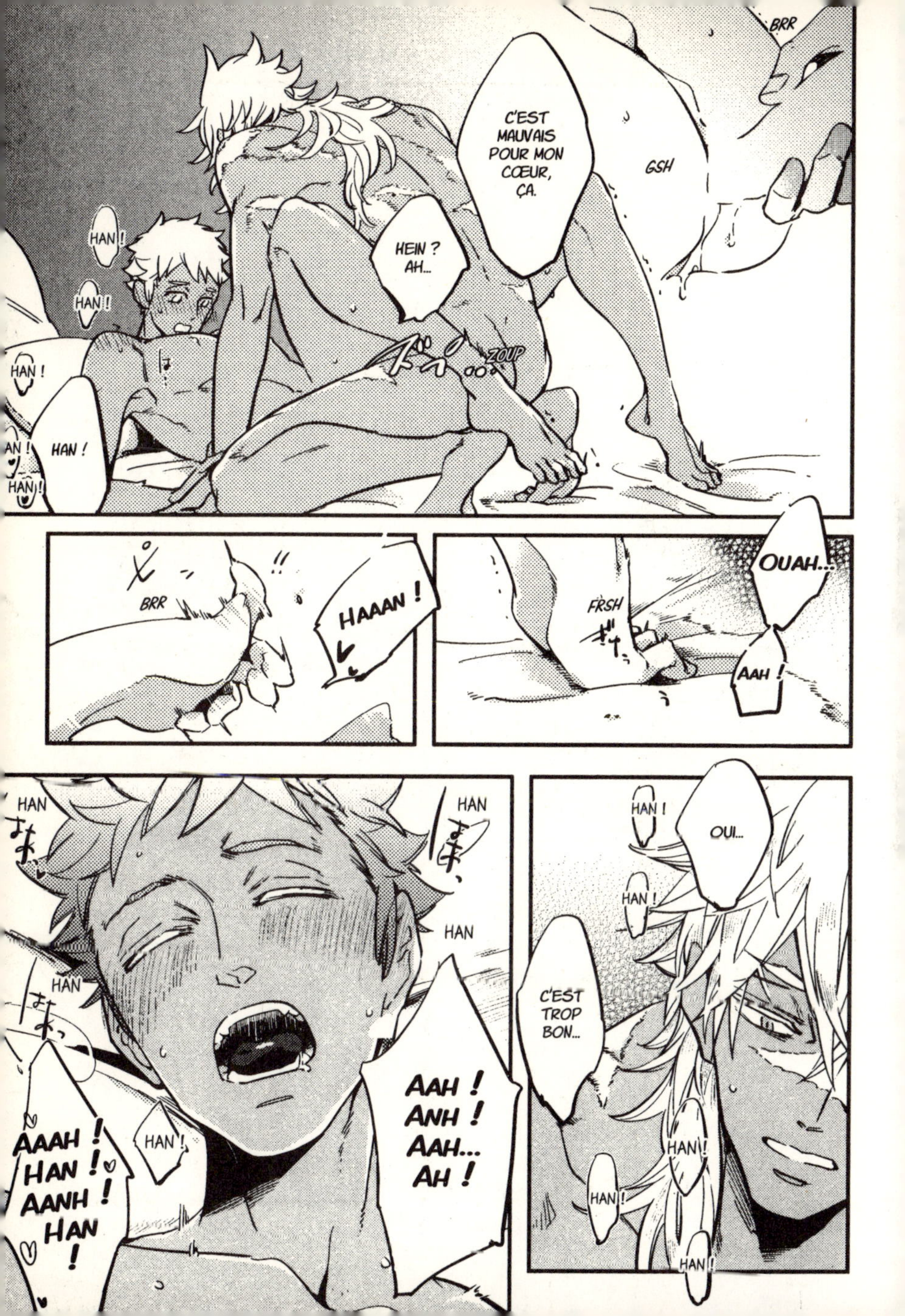
BRR
C'EST MAUVAIS POUR MON CŒUR, ÇA.
GSH
HEIN ? AH...
ZOUP
HAN !
HAN !
HAN !
HAN !
HAN !
HAN !
OUAH...
FRSH
AAH !
HAAAN !
BRR
OUI...
HAN !
HAN !
C'EST TROP BON...
HAN !
HAN !
HAN !
HAN
HAN
HAN
HAN
AAH ! ANH ! AAH... AH !
HAN !
AAAH ! HAN ! AANH ! HAN !

CALEN...
HAN !
HAN !
HAN
HAN !
HAN
GRAB
AH !
CALEN...
PLAF
PLAF
HAN !
HAN !
HAN !
JE T'AIME...
HAN !
HAN !
HAN !
HAN !
HAN !
JE T'AIME !
HAN !
HAN !
FSHH
TU SAIS...
CALEN...
JE VAIS CONTINUER À FAIRE DE MON MIEUX !

BOBOM
GRMBL
COMME... TOUT À L'HEURE...
GRMBL
BOBOM
POUR LE TRAVAIL, MAIS AUSSI POUR... EUH...
OUI...
ALORS, S'IL TE PLAÎT...
RESTONS ENSEMBLE POUR LE RESTANT DE NOTRE VIE.
OUI !
MÊME SI ON EST DÉJÀ MORTS...
HAHA !
JE SAVAIS QUE TU DIRAIS ÇA.
FIN

Calendula of limbo 2

Hana COLLECTION

www.boys-loves.fr

Adaptation graphique : Studiomoshi
Responsable Editorial & Production : Anthony Graci
Traduit du japonais par : Aline Kukor

Remerciements à Aurélie Valognes

Dépot légal : Décembre 2018
ISBN 978-2-36877-638-4

Imprimé par GZ Digital Media as